Szkocka Mgła

Tajemnica Dottie Manderson
tom trzeci: nowela

Caron Allan

Tłumaczony przez Oliwia Stelmaszyk

Zredagowany przez Katarzyna
Wyrzykowska-Kucharska

Polska wersja językowa

Dedykacja

Dla mojej rodziny, pełna miłości i wdzięczności.

Dzień Pierwszy: Wtorek

Great Bar, Szkocja, Maj 1934

Anna McHugh spoglądała przez kraty celi więziennej na leżące ciało. Kiedy postać ta nie dostrzegła jeszcze jej obecności, Anna wymierzyła pomiędzy kraty kopniaka i uderzyła stopę zwisającą z końca wąskiej pryczy.

— Dalej, idioto! Nie mam całego dnia, żeby na ciebie czekać, więc wstawaj.

Postać na pryczy w powolny sposób rozciągnęła się i ziewnęła, jakby właśnie obudziła się z głębokiego, odświeżającego snu. Wstał na nogi i pokazał jej swój, jak mu się wydawało, zawadiacki uśmiech, ale ona spiorunowała go wzrokiem i obróciła się na pięcie.

— Jeśli nie będzie cię na ulicy za minutę, będziesz musiał wracać piechotą — Wróciła do poczekalni w przedniej części komendy policji i rzuciła do oficera za biurkiem: — Jest już gotowy do wyjścia.

Oficer posłał jej skrzywiony uśmiech i obrócił

się, by wyciągnąć klucze z szafki stojącej za nim.

— Od trzech dni na wolności, hmm? Wiem, że mówiłaś, że był z tobą w domu przez całą noc, ale przecież wszyscy wiemy, że to on załatwił tego jelenia w Barr Hall. A właściciel ziemski jest dobrym przyjacielem oskarżyciela miejskiego. Więc może postaraj się i przytrzymaj swojego chłopa w domu przez noc, moja kochana, jeśli nie chcesz, żeby wrócił z powrotem do więzienia. Następnym razem może to być na trochę dłużej.

Obserwowała, jak posterunkowy Forbes otwierał drzwi do celi.

— On nie jest moim chłopem — powiedziała cicho.

Jej mężczyzna był w domu, za barem swojego szynku, i na pewno gotowy z paskiem w ręku po tym, jak się dowiedział, że dała Williamowi Hardy'emu alibi na zeszłą noc. Było jej ciężko na sercu. Bała się wrócić do domu. Ale co innego mogła zrobić? Nie mogła pozwolić, by Will wrócił do więzienia za przestępstwo, którego nie popełnił. Wyszła na słońce i wsiadła do małego auta, które wypożyczyła z pubu.

Wydawało się, że wszystko, co robiła dla Willa, przynosiło jej same kłopoty. Jak on mógł tak po prostu wydać jej nazwisko, nawet jeśli próbował wyjść z tarapatów? Teraz z pewnością już znał cenę, jaką by za to zapłaciła. Podświadomość szeptała do niej, że jej matka na pewno by powiedziała, że prawdziwy dżentelmen nigdy nie zawiódłby zaufania damy. Jednak William Hardy nie był dżentelmenem, a ona wątpiła, że on nazwałby ją damą. Dlaczego mu na to pozwoliła? Gdyby tylko mogła usunąć go ze swojego życia – i ze swojego serca – jej mąż prawdopodobnie nie widziałby w niej tylu wad. A to by oznaczało znacznie mniej siniaków.

Usiadła za kółkiem i czekała. I dalej czekała.

Powiedziała sobie, że da mu jeszcze minutę, co potem przerodziło się w dwie kolejne, a potem w następne pięć. W końcu, po prawie piętnastu minutach mężczyzna się pojawił, idąc pysznym krokiem, dumny niczym Punch[1] ze swoich wyczynów. Na ulicy ktoś wydał okrzyk radości, a Will podniósł pięść w geście triumfu. Anna westchnęła. Jakim cudem kolejna noc w celi była dla niego powodem do dumy?

Tego samego dnia w Londynie.

Pogrzeb pani Carmichael był dokładnie tak okropny, jak Dottie sobie to wyobrażała.

Dottie nie miała pojęcia o jakichkolwiek relacjach pani Carmichael z innymi ludźmi. Kościół był pełen bliskich przyjaciół zmarłej kobiety oraz jej byłych klientek, które były ubrane w najdroższe kreacje od pani Carmichael, rywalizując, by prześcignąć jedna drugą swoim splendorem. Morze czarnych kapeluszy z piórami strusia zasłaniało widok Dottie na przód małego kościółka. Przesłodzony zapach zbyt dużej ilości kwiatów cieplarnianych groził przytłoczeniem zmysłów. Dwie damy dostały napadu kichania ze względu na pyłek kwiatowy i trzeba było je wyprowadzić na zewnątrz.

Deszcz – wstrzymawszy się przez parę pochmurnych dni – przerodził się teraz w ulewę i obrócił cmentarz w moczary, dlatego nabożeństwo musiało zostać odprawione wewnątrz. Dottie właściwie ani razu nie dostrzegła trumny, chociaż, ze względu na rozmiar kobiety spoczywającej w niej,

---

[1] Punch to postać z tradycyjnego przedstawienia kukiełkowego wystawianego dawniej w Anglii o nazwie „Punch i Judy". Punch to postać, która jest mściwa i pełna agresji wobec innych, łącznie ze swoją rodziną. W przedstawieniu ma miejsce dużo przemocy, stąd powiedzenie: „dumny niczym Punch ze swoich wyczynów"

nietrafnie podejrzewała, że trumna również będzie duża.

Pani Carmichael została zamordowana parę tygodni temu, a w jej magazynie modowym panowała cisza, jakby był w zastoju, i nie przeprowadzano tam żadnych interesów. Podobnie jak inne modelki, Dottie nie miała pojęcia, co stanie się z jej pracą w magazynie oraz z po części planowaną kolekcją wiosna-lato 1935. To miejsce po prostu nie byłoby takie samo bez tej olbrzymiej, budzącej grozę kobiety, wykrzykującej rozkazy swoim głośnym i ochrypłym akcentem ze wschodniego Londynu i popędzającej dziewczyny tu i tam. Dottie zwyczajnie nie wyobrażała sobie przyszłości tego miejsca. Jej świętej pamięci pracodawczyni spędziła całe swoje życie, budując biznes w pojedynkę, więc co miało się z tym teraz stać?

To był tragiczny wypadek. Dottie nie potrafiła myśleć, że pani Carmichael została zepchnięta ze schodów w swoim własnym domu, w środku nocy. W ostatnich miesiącach Dottie słyszała o paru osobach, które zmarły w podobnie żałosny sposób. Jednak śmierć pani Carmichael, która była zarówno jej przyjaciółką, jak i szefową, dotknęła ją do żywego, co sprawiło, że praktycznie bez przerwy była na granicy płaczu, nie chcąc o tym myśleć, a ostatecznie zdając sobie sprawę, że mogła myśleć tylko i wyłącznie o tym.

Jedyną pozytywną rzeczą w tym jakże mizernym dniu był moment, w którym inspektor William Hardy wszedł do kościoła. Natychmiast go zauważyła, a jej serce rozanieliło się, kiedy się uśmiechnął i podszedł, by obok niej usiąść.

Rozpoczęło się nabożeństwo. Duża grupa

wiernych w końcu pokazała, na co ich stać w kwestii śpiewania pieśni, a czysty kontralt Dottie dobrze połączył się z intensywnym barytonem Hardy'ego. Przez parę minut była tak bardzo zaabsorbowana śpiewaniem, że zupełnie zapomniała o tej smutnej okazji.

Pod koniec nabożeństwa było nadal zbyt mokro, by trumna w towarzystwie gości mogła zostać przeniesiona na cmentarz. Dopiero po pół godzinie rozmów przyciszonymi głosami żałobnicy się rozeszli, wychodząc na zewnątrz pod dużymi parasolkami, by wsiąść z ulgą do samochodów. Rodzice Dottie, razem z jej siostrą oraz szwagrem, szli już do swoich aut. Dottie została w tyle, chcąc spędzić jeszcze parę minut z Williamem. Niestety, rozczarowała się.

Poszedł z nią tylko do drzwi kościoła, po czym rozejrzał się wokół siebie, i zobaczywszy, że nikt ich nie obserwuje, pocałował ją nieśmiało w policzek i powiedział:

— Wybacz, ale muszę lecieć. Mam spotkanie, którego nie mogę ominąć. Mogę do ciebie zadzwonić?

— Oczywiście, że możesz, ale...

I odszedł, machając do niej z żalem ręką na pożegnanie. *Przeklęty człowiek* – pomyślała wściekle Dottie z niewielkim poszanowaniem do otoczonego czcią miejsca, w którym się znajdowała. Za każdym razem, kiedy wydawało jej się, że w końcu będzie miała z nim parę minut, on uciekał! Tym razem przynajmniej ją pocałował. Poniekąd.

Godzinę później, w siedzibie adwokatów Braya oraz Mowera – Bell, Dottie zaprowadzono do gabinetu pana Braya, głównego wspólnika. Kiedy podążała za łysym, młodym mężczyzną, który był sekretarzem pana Braya, zderzyła się z wysoką, szczupłą postacią. Spoglądając w górę, usłyszawszy, jak ktoś wypowiada jej imię, ujrzała Williama Hardy'ego.

Poczuła się skołowana, spotkawszy go tak niespodziewanie. Czy to było to spotkanie, o którym wspomniał? Dlaczego tutaj był? Wyglądał na tak samo zmieszanego. Ona jednak miała tylko czas, by rzucić:

— William! Co do licha...? — Po czym została skierowana do pokoju, z którego on właśnie wyszedł, i poproszono ją, by usiadła w skórzanym fotelu. Drzwi się zamknęły, kiedy William z powrotem spojrzał przez szparę w zamykających się drzwiach i wzruszył przepraszająco ramionami.

Pan Bray, przedstawiwszy się, nie tracił czasu na tłumaczenie swojej roli jako zastępca prawny pani Muriel Carmichael w związku z jej ostatnią wolą oraz testamentem.

Oczywiście – pomyślała Dottie z myślami nadal skupionymi na Williamie Hardym. – *Pewnie musiał tu przyjść ze względu na jakąś sprawę policyjną, jego praca przecież polegała na maleńkich detalach postępowań prawnych. Niewątpliwie, przyszedł tutaj w swojej oficjalnej roli, szukając czegoś związanego z morderstwem pani Carmichael.*

Rozmyślała zadowolona, że to, co zatrzymało Hardy'ego, było „tylko" pracą, kiedy nagle zdała sobie sprawę, że osoba, z którą była w pomieszczeniu, zamilkła. Pan Bray mówił przez długi czas, po czym przerwał, a ona nie miała pojęcia, co do niej powiedział.

Spojrzała na niego swoimi pięknymi, orzechowymi oczyma. Panu Brayowi, zastraszonemu i nieśmiałemu kawalerowi po pięćdziesiątce, bardzo podobały się kobiety o ciemnych włosach i brązowych oczach. Całe szczęście, bo teraz musiał to wszystko powtórzyć. Zazwyczaj pan Bray nie był mężczyzną cierpliwym, ale kiedy tak patrzyła mu prosto w oczy, poczuł, że chętnie przekaże jej wieści raz jeszcze.

— Muriel Carmichael nie tylko traktowała panią jako pracownicę, ale również jako przyjaciółkę. Z tego powodu, oraz patrząc na pani oddanie, ciężką pracę oraz zaangażowanie w pani pozycję w jej magazynie, a także ze względu na brak bliskiej rodziny pani Carmichael, zostałem poinstruowany, by przekazać pani wszystkie zasoby majątkowe należące dotychczas do pani Carmichael, z trzema godnymi uwagi wyjątkami.

Dottie nie mogła zrozumieć tego, co mówił do niej pan Bray. Zasoby majątkowe? Jakie zasoby? Co miał na myśli?

— Jest jednak jeden wymóg, który musi zostać spełniony, zanim w ogóle te zasoby staną się pani własnością. Mam nadzieję, że to żądanie nie będzie dla pani zbyt uciążliwe — Spoglądał na jej przyjemne dla oka rysy twarzy. Wiedział, że pracowała w magazynie modowym pani Carmichael jako modelka, a tym samym dostrzegł, dlaczego była tak ceniona przez jego klientkę. Miał gorącą nadzieję, że nie była pazerna. Była urocza, to na pewno, ale wcześniej spotkał już damy, które były urocze tylko na zewnątrz. Czasami piękno zewnętrzne, twarde i kruche niczym maska, skrywało wewnętrzną brzydotę zimnego i pazernego serca. Miłość do pieniędzy...

— Wymóg? — powtórzyła Dottie. — I zasoby majątkowe? Jakie zasoby?

— Wszystko, co pani Carmichael posiadała, należy teraz do pani...

— Wszy...?

— ...poza trzema posiadłościami, których pozbyła się gdzie indziej, oraz jej pojazdami.

Dottie wpatrywała się w niego, nic nie rozumiejąc. Pan Bray, będący typem staromodnego faceta, liczył, że Dottie, jak przystało na prawdziwą damę, potrzebowała przewodnictwa w tych skomplikowanych sprawach.

— Pani Carmichael zostawiła dla mnie cały biznes! Magazyn, wszystko! — zawołała Dottie do swojej siostry, Flory, zanim w ogóle weszła do jej domu. Greeley, kamerdyner Flory, zaprowadził ją do holu z miną nieskrywanego zainteresowania.

Flora była tak zdumiona, jak Dottie to sobie wyobrażała, i nie przejmując się zachowywaniem spraw prywatnych zdala od jej personelu, natychmiast wzięła ją w krzyżowy ogień pytań.

— Cały biznes? Magazyn i projekty?

— Wszystko! — powiedziała Dottie. Miała zawroty głowy od prób przyswojenia tych informacji. — Ale nie dom we Francji. Uwierzysz, że miała tak olbrzymią fortunę? Miała nawet dom we Francji! On pójdzie do jej służącej, Pamphlett. A dom w Londynie, w którym mieszkała, pójdzie do kogoś jeszcze innego. Nie wiem do kogo. Wiem, że to nie moja sprawa, ale i tak chciałabym wiedzieć. Jest też gdzieś mała chatka, zapomniałam gdzie dokładnie, na południowym wybrzeżu, i ona też będzie należała do kogoś innego. Okazuje się, że miała też parę aut, są zaparkowane gdzieś na uliczce niedaleko jej domu i pójdą do jeszcze innej osoby. To okropnie frustrujące nie wiedzieć, kim są ci ludzie, nie żeby mnie obchodziły jakieś samochody, chociaż chciałabym, żeby George nauczył mnie prowadzić... Na czym skończyłam? — przerwała, by odetchnąć. Flora i Greeley nadal się w nią wpatrywali. — Ach, tak, i wszystko inne – oszczędności, akcje i udziały, inwestycje i jej własność prywatna: biżuteria, meble z magazynu, no i sam magazyn, projekty, cały asoryment, zamówienia, wszystko to jest moje, wszystko co do centa! Małe mieszkanie w Covent Garden. Jakiś kolejny mały dom gdzieś... nie pamiętam gdzie. To wszystko jest... Sama nie wiem...

— Ekscytujące? — zasugerowała Flora.

— Niesamowite? — dorzucił się Greeley.

W oczach Dottie przygasło światło. Pochyliła głowę i powiedziała trzeźwym głosem:

— To wszystko jest warte prawie milion funtów. To za dużo. Jak jedna osoba może tyle posiadać? To właściwie straszne. Wydaje się, że to wielka odpowiedzialność — Opadła na fotel. — Jakoś nie potrafię tego wszystkiego przyjąć — Spojrzała na Greeley'a, wahając się w drzwiach z płaszczem i kapeluszem w ręku. — Mogłabym poprosić o filiżankę herbaty, panie Greeley?

Greeley oprzytomniał. Chłonął każde jej słowo.

— Och, tak, panno Dottie — I pospiesznie wyszedł, podekscytowany, że będzie mógł podzielić się wieściami ze swoją żoną, która była kucharką Flory i Geroge'a, oraz ze służącą Cissie.

W kuchni, pod schodami, czekając, aż zagotuje się woda, wszyscy wypili za pomyślność Dottie, a Greeley dodał uroczyście, że na to zasłużyła, przecież tak bardzo lubiła tę kobietę.

W bawalni, Flora i Dottie kontynuowały swoje niekończące się robótki ręczne.

— Mam nadzieję, że nie będziesz miała kolejnego dziecka przez przynajmniej następne pięć lat — burknęła Dottie. — Nie mogę już znieść widoku kłębka wełny. Pozbieranie się po tym robieniu na drutach zajmie mi co najmniej pięć lat. Nie mam pojęcia, dlaczego po prostu nie kupiłaś wszystkich ciuszków.

W siódmym miesiącu ciąży Flora wyglądała – i tak też się czuła – na bardzo dużą. Czuła się też wykończona.

— Chciałam ładnych rzeczy, odpowiednich i specjalnych dla mojego maluszka, rzeczy, które mają znaczenie. Zresztą, zostało już tylko dziewięć tygodni... Chociaż dzieci nie zawsze przychodzą na świat na czas. Mam nadzieję, że nic się nie opóźni, naprawdę nie chciałabym mieć żadnych problemów. Nie wiem, co jest gorsze, nie być w stanie zasnąć teraz, kiedy nie potrafię się usadowić w łóżku, czy nie mieć żadnej przespanej nocy po tym, jak dziecko przyjdzie na świat, i wstawać do niego w nocy co godzinę.

— Nie będziesz wstawać co godzinę. Piastunka, którą z Georgem zatrudnicie, będzie to robić. Chociaż miło by było zobaczyć twoje stopy choć raz jeszcze — zażartowała Dottie. Flora rzuciła w nią kłębkiem wełny.

— A więc, co dalej? Zwyczajnie pójdziesz jutro do magazynu i powiesz wszystkim, że teraz ty tam dowodzisz?

Dottie zmarszczyła nos.

— Nie, najpierw mam sprawę do załatwienia. Całkiem ważną. Żeby zdobyć mój spadek. Jeśli tego nie zrobię, nie dostanę pieniędzy, więc, rzecz jasna, powiedziałam, że zrobię to natychmiast. Muszę znaleźć kogoś dla pani Carmichael, albo raczej dla pana Braya.

— Hę? — powiedziała Flora. — Kogo?

— Jej syna.

— Jej...? Nie wiedziałam nawet, że była zamężna. Myślałam, że ta cała *pani* Carmichael to była przykrywka.

— Bo to była przykrywka. Nie była zamężna.

— Och — Mierzyły się wzrokiem.

— Tak, to dokładnie to, co myślisz. Jakiś facet wpędził ją w tarapaty, kiedy była młodą kobietą, i zostawił ją na pastwę losu. Musiała oddać dziecko do adopcji. Nawet w tych czasach robi się nieciekawie, kiedy dziewczyna wpadnie w takie tarapaty. Za to w tamtych czasach, jakieś trzydzieści lat temu, musiało być jeszcze gorzej.

— Wyobrażam sobie.

— Więc muszę jechać do Szkocji, zobaczyć się z tą osobą i powiedzieć jej, że pani Carmichael była jej matką, i że dopiero co zmarła. Muszę też dać temu synowi kontakt do adwokata. Kiedy już się z nim skontaktuje, ja dostanę pełne prawo do mojego spadku. Zakładam też, że on otrzyma swój.

— Szkocja!

— Tak, mam jechać do małego miasta niedaleko Edynburga, ale na wybrzeżu. Podobno adwokat, pan Bray, szukał syna pani Carmichael i to właśnie tam go wytropił. To chłopiec. Cóż. Właściwie, mężczyzna, tak zakładam. Zresztą, nawet nie zaczęłam namierzać tej osoby, po prostu spróbuję znaleźć jej adres, pojechać tam i przekazać wieści.

— Dlaczego ten pan Bray nie pojedzie tam z jakimś policjantem, żeby spotkać się z tym gościem? Albo mógłby do niego napisać. Czy pan Bray nie wie, że do ludzi pisze się listy? Nie rozumiem, dlaczego miałabyś zapuszczać się tak daleko do Szkocji.

— Cóż, pan Bray to bardzo zajęty mężczyzna, a to część, dzięki której otrzymam swój spadek. Pani Carmichael powiedziała, że chciała, bym to zrobiła. Więc... — Znów wzruszyła ramionami. — Pan Bray jest właściwie uroczym, starym pupilem. Założę się, że nie jest żonaty, pewnie ma wiernego psa jako kompana. Wydaje się czuć, że jest to sprawa, która wymaga pewnej kobiecej taktowności. To w zasadzie dosyć sekretna operacja. Prawdopodobnie jej syn jest teraz zupełnie szanowaną osobą i nie chciałby, żeby ktokolwiek wiedział o jego nieślubnym pochodzeniu. Ludzie potrafią być naprawdę zawzięci w takich kwestiach. Powiedział, że posiadłość zapłaci za moje wydatki, ale uprzedził też, że wioska, do której jadę, jest niewielka i nie będzie tam zwyczajowych wygód. W każdym razie, kiedy dojadę do hotelu, mam spotkać się z kimś, kto powie mi, jak znaleźć tego mężczyznę. To wszystko to wielka tajemnica. Zabroniono mi komukolwiek o tym mówić lub... Co? Dlaczego tak na mnie patrzysz?

— Tajemnica, Dottie! Kochanie, ty mi właśnie wszystko opowiedziałaś!

— No, oczywiście! Przecież nie mam zamiaru polecieć do Szkocji, nie mówiąc nikomu ani słowa.

Flora pokręciła głową i uśmiechnęła się do siebie.

— To całkiem ekscytujące. Prawie jak powieść detektywistyczna. Chciałabym z tobą pojechać, ale George – i matka – dostaliby gęsiej skórki na samą myśl o kobiecie w moim stanie wybierającej się do Szkocji — Westchnęła. — W tym momencie nie mam absolutnie żadnej rozrywki. Nie mam nawet dwudziestu czterech lat, a już jestem starą, grubą kobietą, młodość już za mną.

— Prawda — powiedziała Dottie, wcale się nie przejmując. — Ale kiedy dziecko przyjdzie na świat, powrócisz do formy, tańca, zakupów i wszystkich innych, zwyczajnych rzeczy. To nie będzie trwało wiecznie.

— A wydaje się, jakby naprawdę trwało całą wieczność — narzekała Flora. — Podejrzewam, że pojedziesz pociągiem?

— A jak inaczej miałabym się dostać do Szkocji? Tak, jadę Latającym Szkotem. Mam już zarezerwowane miejsce na pojutrze. Dlatego też muszę iść do domu, powiedzieć mamie i pozwolić jej na miotanie gromów, a jutro mogę się spakować i przygotować. Pan Bray wszystkim się zajął. Złożył dla mnie rezerwację w hotelu w miejscu o nazwie Lower Bar, na wschodnim wybrzeżu. To wszystko dzieje się tak szybko. Jestem tak podekscytowana!

— Matka nigdy ci nie pozwoli pojechać samej tak daleko.

— Pozwoli, bo inaczej nie dostanę spadku. A przecież nie chciałaby, żeby się zmarnował.

W kieszeni miał kopertę, w której znajdował się bilet na pociąg, potwierdzenie rezerwacji hotelu oraz duża suma pieniędzy. Koperta była pełna i duża, jej rogi wystawały i kłuły go w nadgarstek. Jego to jednak nie obchodziło, był podekscytowany. Miał jechać do Szkocji, by wykorzystać swoje umiejętności detektywistyczne do namierzenia zaginionego spadkobiercy. To wszystko było tak przemożnie romantyczne, jak z jakiejś powieści. Nikt nie miał wiedzieć, dokąd się wybierał, poza jego najbliższymi przełożonymi z pracy. Pozwolono mu na telefon do siostry, by przekazał jej, że przez jakiś czas go nie będzie.

Eleanor nadal była z ich wujem i ciotką w Matlock, w Derbyshire. Od czasu śmierci ich matki, dwa, prawie trzy tygodnie temu, była tam przez cały czas, a bardzo drogi telefon do niej, który wykonywał raz w tygodniu, polegał głównie na recitalu wszystkich spotkań, jakie miała z młodym mężczyzną, w którym była coraz bardziej zakochana. Ciotka ostrzegła go już parę razy, by spodziewał się wieści, a on upewnił się, że sytuacja finansowa zarówno jego, jak i jego siostry była w normie, w razie gdyby do owych wieści miało dojść.

Po części na tym właśnie polegała jego podróż. Nie wspomniał o tym starszemu superintendentowi, ale pan Bray zapłacił mu gotówką 250 funtów, nie licząc jego wydatków w trakcie podróży, oraz obiecał mu kolejne 250 funtów za pomyślne ukończenie zadania, które mu przydzielono. Inspektor William Hardy, z metropolitańskiej policji, nie był na pozycji, w której mógł tak po prostu odrzucić ofertę zarobku 500 funtów w gotówce, mając młodszego brata w szkole publicznej oraz siostrę już na progu zawarcia małżeństwa.

Ale.

Wszystko to oznaczało, że nie będzie mógł widywać się z Dottie Manderson. Co gorsza, z racji, że przysiągł dyskrecję, nie mógł nawet powiedzieć jej, że wyjeżdża. A to już nie pierwszy raz, kiedy musiał odłożyć swoje potrzeby i zachcianki na bok, by zrobić coś dla kogoś innego. *Kiedy* – zastanawiał się – *w końcu to ja będę miał wolny czas na bycie w romantycznym związku, na zaręczyny i pójście do ołtarza?*

Dotarł do pensjonatu, w którym od jakiegoś czasu miał pokój, by zaoszczędzić na życiowych wydatkach, i stanął, by otworzyć drzwi wejściowe. Pocieszył się tym, że prawdopodobnie nie będzie go tylko przez tydzień. Za tydzień, lub mniej, jeśli będzie miał szczęście, zadanie dla pana Braya będzie już wykonane, po czym w końcu znajdzie czas, by porozmawiać z Dottie, wziąć ją na kolację, a nawet – teraz śnił na jawie – poprosić ją o rękę.

Zapakowanie się zajęło mu pięć minut. Nie miał dużej szafy, pełnej garniturów i koszul. Miał wyjeżdżać już jutro rano Latającym Szkotem, jechać z Edynburga do małej nadbrzeżnej wioski Lower Bar wypożyczonym autem i zostać tam w hotelu. Miał też spotkać się z kimś, by zdobyć więcej informacji.

Potem będzie podążał za tym, czego się dowiedział, by znaleźć zaginionego dziedzica. Potem, i tylko potem, będzie mógł otrzymać pisemne potwierdzienie, którego potrzebował, by w końcu wrócić do Londynu i zażądać pieniędzy. Nawet jeśli mu się nie uda – a miał nadzieję, że tak się nie stanie, obiecał sobie, że zrobi wszystko, by wypełnić to zadanie – nadal będzie miał dodatkowe 250 funtów w kieszeni i podróż do Szkocji, włącznie z krótkimi wakacjami w hotelu, za sobą. Czuł się całkiem podekscytowany całą tą sprawą. Być może „przygoda" to zbyt mocne słowo, chociaż czuł, że coś znaczącego miało się wydarzyć.

Pan Bray wrócił do domu, do swojego kota i siostry, po długim dniu spędzonym w gabinecie.

Czekał, aż siostra poda mu kolację. Kot, który zjadł już swój posiłek, przyszedł, by usiąść na jego kolanach, naprzeciwko kominka. W domu Brayów, mimo że był już początek maja, kominek nadal się palił w małym pokoju dziennym z tyłu domu, gdzie okna wyglądały na ogród. Wieczory nadal były wyraźnie chłodne, ale pan Bray, wystarczająco zamożny, by zapewnić sobie komfort, nie musiał przejmować się zimnem. Tak więc, razem ze swoim małym, czarnym kotem siedzieli tak naprzeciwko kominka i rozmyślali o życiu.

Napił się małej szklaneczki sherry. Kiedy głaskał swoją kotkę, ta mruczała, a pan Bray myślał o dniu, który spędził w biurze. Ostatnia wola pani Carmichael była zdecydowanie bardziej prostolinijna, niż to przedstawił inspektorowi Hardy'emu czy pannie Manderson. On jednak czuł, że wysunąwszy żądania względem obojga tych młodych ludzi, nie tylko spełniał postanowienia jej ostatniej woli, ale również realizował jej postawę.

Teraz rozmyślał nad długą dyskusją, jaką przeprowadził parę miesięcy temu ze zmarłą już kobietą, i przypomniało mu się, jak ujawniła pewne fakty ze swojej młodości oraz rolę ojca pana Hardy'ego: jej długie wyznanie dawno już przebrzmiałego romansu oraz ukochanego niemowlęcia, z którym musiała się na zawsze pożegnać. Chciała wiedzieć, że jej dziecko ma wszystko, czego potrzebuje, i że jest bezpieczne. Chciała, by tajemnice i podstępy dobiegły końca.

Cóż, jest sposób, by to uczynić – pomyślał pan Bray.

Pani Carmichael opowiadała z ożywieniem i sympatią o młodej modelce, która była dla niej kimś więcej niż zwyczajną pracownicą, oraz która – według niej – była zakochana w młodym panu Hardym.

Pan Bray się uśmiechnął. Był pewien, że wszystko pójdzie zgodnie z planem. Było to dla niego tak romantyczne, a pan Bray, będący kawalerem w średnim wieku, uwielbiał romanse. Wiedział, że pani Carmichael, mniej romantyczna, ale nadal pałająca sympatią do osób w to zaangażowanych, zgodziłaby się z nim. *Bo jeśli jej śmierć miała coś udowodnić –* rozmyślał – *to to, że życie jest krótkie i często brutalne.* Śmierć zawsze przychodzi wcześniej, niż się tego człowiek spodziewa, dlatego tak ważne jest, by wykorzystywać każdą okazję, która się nadarzy, bo kto wie, czy następna taka szansa jeszcze się pojawi? Z własnego doświadczenia wiedział, że romantyczne okazje zdarzały się rzadko.

Jego siostra zawołała go do stołu, po czym zapytała:

— Więc, wszystko poszło tak, jak planowałeś?

— Och, tak — odparł. — Poszło perfekcyjnie.

— Dziwi mnie to, że tak po prostu się zgodzili.

Pani Carmichael nigdy nie zaznaczyła w swoim testamencie, że mieli odnaleźć jej syna, prawda?

— Nie, ale jeśli miałaby czas, by zastanowić się nad tym problemem, jestem pewien, że sama wpadłaby na ten pomysł. A syn w Szkocji musi się dowiedzieć.

— Mogłeś po prostu do niego napisać. Albo zadzwonić.

— Chciałem, żeby drugi syn się z nim spotkał. Powinni się zobaczyć, poznać się, tak powinno to wyglądać. Ale inspektor nie pojechałby tam, gdybym tak po prostu powiedział mu prawdę. W ten sposób sam ją odkryje i, mam nadzieję, będzie zmuszony, zaakceptować sytuację. Kto wie, może zostaną obaj przyjaciółmi. W końcu, dzielą to samo imię.

— To samo imię, naprawdę? — Jego siostra pokręciła głową z dezaprobatą. — Samo posiadanie nieślubnego dziecka jest nie najlepsze, ale żeby rok później dać swojemu ślubnemu dziecku to samo imię... Jeszcze raz, jak miał na imię ojciec?

— Major Garfield Hardy.

— Cóż, myślę, że to było bardzo karygodne z jego strony. Co było z nim nie tak? Nie miał poczucia odpowiedzialności? Dobrego wychowania? Na dodatek major w Armii Brytyjskiej. Mam wrażenie, że byśmy się nie polubili.

Pan Bray przytaknął i westchnął.

— To trochę osobliwa sytuacja. I zdecydowanie nie dał z siebie wszystkiego, co mógł. Jednak jego syn – mam na myśli jego ślubnego syna – wydaje się być zrobiony z twardszej stali. I mam nadzieję, że obaj mężczyźni się spotkają i pogodzą się ze swoimi uczuciami. Zdecydowanie należy zatroszczyć się o przyrodniego brata w Szkocji. Jeśli moje informacje są rzetelne, to jego potrzeby są dosyć desperackie.

— A panna Manderson?

— Panna Dotie? Cóż, ona też musi się wykazać. Ponadto, jest naprawdę urocza. Myślę, że wieści będą najlepiej przekazane przez nią. Jej obecność zdecydowanie złagodzi ten silny cios. Dla obu mężczyzn. A urządzenie jej i inspektora razem w taki sposób... cóż, liczę, że natura weźmie górę. Tak, ostatecznie, żywię wielkie nadzieje co do szczęśliwego zakończenia tej sprawy dla zaangażowanych w nią osób.

— Hmm... Wkrótce się o tym przekonamy — Jego siostra się uśmiechnęła i pokręciła pobłażliwie głową, kiedy wracała do kuchni. On się przecież rozczulał jak jakaś stara kobieta.

*

Dzień Drugi: Środa

William Hardy usiadł w pociągu. Wieś spowiła się dymiącym obłokiem, kiedy lokomotywa bardzo ciężko pracowała, by podjechać pod zbocze. Londyn był już mile za nim. Pociąg był zajęty tylko w połowie, prawdopodobnie dlatego, że był środek tygodnia, a poza dźwiękiem samego pociągu nie słychać było żadnych innych hałasów, które mogłyby odwrócić jego uwagę, kiedy tak siedział na swoim narożnikowym siedzeniu.

Oparł głowę o wyściełany zagłówek, opierając się chęci zamknięcia oczu. Ruchy pociągu mogłyby go z łatwością uśpić, tym bardziej, że czuł potrzebę namysłu. Jego problemy finansowe okazywały się trudne do rozwiązania. Propozycja pana Braya nie mogła nadejść w lepszym momencie. Nie zdawał sobie jednak sprawy, jak bardzo cierpiał portfel jego matki w ostatnich latach, a teraz, kiedy ona już nie żyła, znajdował mnóstwo rozbieżności, które zachowywała dla siebie. Gdyby tylko szkoła jego brata dała mu trochę więcej czasu na zapłacenie zaległości w czesnych...

Na zewnątrz, słońce rozświetlało bardzo zróżnicowany krajobraz wsi i miasteczek, farm oraz fabryk. Już niedługo zaserwowany będzie lunch w pełnym przepychu wagonie restauracyjnym. Wieczorem będzie jadł kolację w hotelu w Edynburgu, zanim pojedzie używanym autem do Lower Bar, gdzie zostanie przez pierwsze dwie noce i tyle kolejnych, ile będzie potrzebował, by wypełnić zadanie dla pana Braya.

W Edynburgu był już dwa razy. Liczył, że pewnego dnia pojedzie do najbardziej wysuniętego na północ miejsca w kraju. Pewnego dnia. Podróżował po całym południu i zachodzie Wielkiej Brytanii, kiedy był chłopcem, a także po wschodzie. Za czasów, kiedy jego rodzina jeszcze miała pieniądze, organizowali rodzinne wakacje, wycieczki, wypady czy wizyty do rodziny jego matki w Derbyshire i jego ojca w Kent.

Był też w paru miejscach w Europie: we Francji, Belgii, by zobaczyć, gdzie był jego ojciec jako żołnierz podczas Wielkiej Wojny, w miejscach, które nadal nosiły na sobie ślady spustoszenia i blizny z tamtych okropnych dni. Jako student, wyjechał ze znajomymi do Egiptu, a nawet do Nowego Jorku i Waszyngtonu w Ameryce, podróżował tam transatlantykiem, na którego pokładzie był całymi dniami, nawet w najgorszą pogodę, wpatrując się bez przerwy w zmieniające się lustro morza. Fale go nigdy nie męczyły.

Podróż pociągiem przypominała mu trochę podróż statkiem, kiedy wagon kołysał się podczas długiego, wolnego zakrętu...

— Jest już druga tura lunchu, proszę pana — powiedział konduktor, budząc Hardy'ego ze snu, w którym spacerował brzegiem oceanu przy boku

Dottie. Zdziwił się, że na zewnątrz nadal było jasno. Czuł się, jakby spał przez wiele godzin. Podziękował konduktorowi, i podniósłszy się, by powoli ocknąć się ze snu, wstał na nogi i poszedł chwiejnie do wagonu restauracyjnego.

Na miejsce dotarli trochę przed czasem. Bardzo chciał zostać w Edynburgu na noc. To by była dobra okazja na przejście się po mieście, może nawet na obejrzenie zamku leżącego u podnóża góry, ponad ulicami. Gdyby tylko pomyślał, by wspomnieć o tym panu Brayowi... ale, oczywiście, to nie miały być wakacje. Przypominał sobie o tym już n-ty raz – to przecież praca, misja, a więc nie czas wolny na odpoczynek.

Opuścił peron, oddając swój bilet na barierce i przechodząc przez halę do wyjścia z ogromnego, wiktoriańskiego budynku. Ruszył prowadzony pisemnymi instrukcjami pana Braya do hotelu, a tam, w pięknej jadalni, zjadł kolację, po czym, jak tyko skończył pić kawę, poszedł do garażu, gdzie miał odebrać swój wypożyczony samochód. Zastanawiał się, czy powinien się zatrzymać w kiosku, by zakupić mapę, ale zauważył, że w garażu już jedna była. Po mniej niż dziesięciu minutach jechał już nieznanym mu pojazdem po zakorkowanych, wieczornych ulicach i skierował się na wybrzeże.

O wpół do dziesiątej tego samego wieczora siedział już na łóżku w swoim pokoju hotelowym i zdecydował, że to już na tyle tego dnia. Pokój był mały, ciemny i zdecydowanie potrzebował świeżej warstwy farby, jednak łóżko wydawało się wygodne. Było tam też okno wyglądające na wejście do hotelu oraz mała szafa, która delikatnie się chwiała, kiedy spróbował otworzyć jej drzwi. Przy ścianie stała komoda. Powinien zacząć się rozpakowywać. Po jednej stronie były też drzwi łączące jego pokój z innym pokojem, który, jak podejrzewał, był przydatny dla grup rodzinnych.

„Hotel" był zaledwie gospodą, a na dodatek bardzo małą i z bardzo rozczarowującą nazwą – „Oset". Był to też jeden z dwóch szynków we wsi, która szczyciła się również kościołem z zadziwiająco dużym cmentarzem, rozciągniętym terenem wiejskich domków, urzędem pocztowym oraz sklepem wielobranżowym, jak i małym sklepikiem z kłębkami wełny, wstążkami i tego typu rzeczami. Nic więcej. Była to malownicza wieś w takim samym stylu co wiele innych szkockich wsi, z typowym, kamiennym mostem unoszącym się ponad typową, wąską i brązową rzeką, i chociaż była na swój sposób ładna, nie był to rodzaj miasteczka, które pojawiłoby się na wieczku od opakowania czekolady. Widział już ładniejsze miejsca, kiedy jechał z Edynburga tego wieczoru.

Do spotkania z tajemniczą osobą, którą pan Bray dla niego zaplanował, zostało mu półtora dnia. Wystarczająco dużo czasu, by wczuć się w atmosferę tego miejsca. Zszedł na dół do baru, by sprawdzić, jakie są przygotowane posiłki.

Gospoda „Oset" miała też paru innych gości. Oceniając po liczbie kluczy wiszących za barem, który służył również za biurko i recepcję, było tutaj tylko pięć pokoi dla gości. Nie było tylko dwóch kluczy, przypuszczalnie jego oraz klucz korpulentnej, starszej pani, która siedziała przy kominku ze starym i otyłym pekińczykiem na kolanach. Pies zaczął głośno i podekscytowanie szczekać, kiedy przeszedł obok niego Hardy. Dźwięk ten odbijał się o drewniane panele i kamienną podłogę. Żarówka nad jego głową naświetlała kurz i sierść opadającą z psa prosto na ziemię, co niesamowicie prowokowało czubek ogona pekińczyka. Kobieta niecierpliwie pacnęła kamienną podłogę swoją laską. Przyjrzała się z bliska Hardy'emu, kiedy ten powiedział jej „dobry wieczór", wykrzywiła usta w uśmiechu, po czym obróciła się bez żadnej odpowiedzi. Hardy czuł zatem, że raczej się nie zaprzyjaźnią.

Jak tylko się odwrócił, do baru wparował mężczyzna, praktycznie zderzając się z Hardym.

— Pan wybaczy — rzucił pospiesznie, nawet na niego nie patrząc. Oparł się o bar, by zawołać w stronę zaplecza: — Hej, Nelson! Ten facet z Londynu już przyjechał?

— To ten, którego prawie zabiłeś w pośpiechu, Gregg — Barman, wycierając szklankę białą, bawełnianą szmatką, wskazał na Hardy'ego ruchem swojej głowy. Pan Gregg obrócił się, przyglądając się Hardy'emu z ulgą.

— To pan jest policjantem? — zapytał tak, jakby nie mógł uwierzyć w swoje szczęście.

Hardy, delikatnie zaskoczony, przyznał, że jest policjantem, i że właśnie dotarł z Londynu. Sięgnął po swoją legitymację, aby ją pokazać.

Gregg i Nelson przybliżyli się, po czym zaczęli wpatrywać się w legitymację z otwartymi ustami. Wymienili się spojrzeniami.

— To ciekawe — powiedział Nelson do Gregga.

— Prawda? — odpowiedział Gregg, choć żaden z nich najwyraźniej nie miał zamiaru go oświecić. — Och, pan wybaczy, ale wysłano mnie, żeby pana zabrać. Ma pan tam jechać już zaraz. Właściciel ziemski nie lubi długo czekać.

— Och, oczywiście, ale nie jestem...

— Najszybciej, jak pan potrafi, proszę pana, jeśli to nie problem. Możemy porozmawiać w trakcie jazdy, jeśli ma pan jakieś pytania.

— Na czym dokładnie polega problem? — Pan

Bray nic mu nie mówił o spotkaniu się z właścicielem ziemskim, ale być może to właśnie on miał być jego kontaktem? Pospieszył za mężczyzną. Byli już na zewnątrz, w złotym półmroku wiosennego wieczoru. Chłodna bryza wiała ze strony morza, wzdłuż ulicy i na drugą stronę przez wrzosowiska, aż na północ. Cudowne niebo rekompensowało niską temperaturę.

— Lepiej będzie, jak właściciel o tym panu opowie. Proszę wsiąść — Pomógł Hardy'emu wspiąć się na mały wóz konny i prawie natychmiast wyjechali. Po pięciu minutach nadal mieli sporo drogi przed sobą, a ten barwny środek transportu frustrował Hardy'ego brakiem jakiejkolwiek prędkości.

— Gdybym wiedział — zauważył — moglibyśmy użyć mojego samochodu.

Gregg natychmiast zatrzymał konia.

— Samochodu osobowego, proszę pana? — Ewidentnie nie mógł w to uwierzyć. Jego głos właściwie drżał z ekscytacji. — Może wrócimy i pojedziemy samochodem? Konia wezmę później. Dam jej karmiak na czas, kiedy nas nie będzie, jeśli się pan zgodzi.

Nie dało się nie zauważyć nadziei w jego głosie. Z pewnością niewiele aut przejeżdżało przez tę wieś, choć Hardy oczekiwał, że ktoś na tak wysokim szczeblu jak właściciel ziemski będzie miał swój własny pojazd, a być może nawet cały garaż pojazdów. Hardy zastanowił się przez chwilę nad opcjami, jakie miał, i zdecydował, że nawet licząc czas, jaki zajęłoby im cofnięcie się wozem i powrót do wsi, z pewnością nie będzie to aż tak długo, jak przejechanie całego dystansu wozem.

— Tak — powiedział. — Możemy.

Gregg poniesiony swoją ekscytacją, zawrócił wóz z taką prędkością, że ten prawie się wywrócił.

Pojechali z powrotem do wioski, ale tym razem już znacznie szybciej, niż kiedy jechali w drugą stronę. Po trzech minutach byli już na miejscu, pozbyli się konia i wsiedli już do pojazdu Hardy'ego. Ponownie byli w drodze.

Hardy był zarówno rozbawiony, jak i zirytowany zdumieniem z szeroko otwartymi oczyma, które wykazywał Gregg, oraz jego bezustannymi pytaniami. Po dziesięciu minutach zjechali z drogi na długi, szutrowy podjazd, który skręcał pod górę do dużego, eleganckiego domu. Mała tabliczka zaraz obok kutej bramy wjazdowej głosiła, że właśnie dotarli do Barr Hall. Kiedy zatrzymali się na tyłach domu, Hardy zdał sobie sprawę, że właśnie pozwolił Greggowi „przejechać się" po wzniesieniu.

Z ulgą zaparkowali samochód, wysiedli i rozciągnęli kości. To był naprawdę długi dzień z całą podróżą z Londynu. Hardy czuł się senny, a jego oczy z nim igrały. Był przekonany, że dostrzegł swoje własne odbicie spoglądające na niego zza drzew, parę jardów od domu. Potknął się, a jego mózg jakby zatrzymał się na moment. Gdzie teraz był – za drzewem czy tutaj, spoglądając na drzewo? Otrząsnął się i odepchnął swoją wyobraźnię na bok. Po prostu potrzebował snu.

Gregg zaprowadził Hardy'ego do tylnych drzwi i przedstawił go kamerdynerowi, panu Robertsowi, który poprowadził Hardy'ego wzdłuż holu, by zapukać do drzwi pokoju, który okazał się być gabinetem.

– Proszę tu poczekać – powiedział kamerdyner.

Usłyszeli władczy głos mówiący: „Proszę wejść", po czym Roberts wszedł do środka. Hardy zdawał się coś szeptać, po czym Roberts ponownie się pojawił i zaprosił go gestem do pokoju.

Hardy wszedł do gabinetu i ujrzał wysokiego mężczyznę ubranego w strój wieczorowy, czekającego na dalekim końcu dywanu ze skóry niedźwiedzia, obok kominka. Mężczyzna nie kłopotał się, by zmniejszyć dystans między nimi, ani nie spróbował wyciągnąć do niego gościnnej ręki. Nawet się nie przywitał. Pozostał tam, gdzie był, popijając brandy z kieliszka. Jego wolna dłoń była nonszalancko zahaczona o kieszeń jego spodni. Obserwował, jak Hardy się do niego zbliżał, i patrzył się na niego z góry.

Kiedy Hardy był już tylko parę stóp od niego, mężczyzna w końcu się odezwał:

— Ach, inspektor Hardy, prawda? Spodziewałem się pana.

Zirytowany zarówno jego lekceważącą postawą, jak i bezsensownym marnotrawstwem życia, jakim był dywan ze skóry niedźwiedzia, Hardy ostrożnie ominął głowę nieżywego zwierzęcia, by wyciągnąć dłoń do dżentelmena. Mężczyzna wpatrywał się w jego dłoń, ale ją zignorował. Irytacja Hardy'ego urosła. Zwykle cierpliwy i uważny, tym razem pozwolił wzburzyć swoje emocje, mówiąc:

— Nie do końca rozumiem, dlaczego by się mnie pan spodziewał, skoro ja sam nie wiedziałem, że będę tutaj tego wieczoru. Tak się złożyło, że akurat byłem w sąsiedztwie ze względu na sprawy prywatne.

Jego gospodarz nie odpowiedział, tylko popijał swój napój. Hardy był świadomy już prawie przytłaczającej furii rosnącej wewnątrz niego. Przypisał to zmęczeniu po podróży. Rozejrzał się po pokoju, starając się trzymać na wodzy targające nim uczucia. W końcu powiedział:

— Nie jestem pewien, w jaki sposób mogę panu usłużyć. Jestem pewien, że wie pan, iż policja londyńska nie ma swojej mocy po tej stronie granicy.

Jeśli potrzebuje pan pomocy z jakąś sprawą kryminalną, mogę panu zarekomendować, by był pan w kontakcie z lokalnym oskarżycielem publicznym.

Z głośnym brzękiem, który nie wróżył dobrze kryształowej szklance, jego gospodarz odłożył kieliszek na stolik. Zrobił parę kroków do przodu, aż w końcu był już tylko o stopę oddalony od Hardy'ego. Wyciągnął się do góry, jakby próbował dorównać wzrostowi Hardy'ego, ale kwestia trzech cali zaważyła na jego zwycięstwie. Patrzył się prosto w twarz Hardy'ego w sposób, który miał go zastraszyć, po czym powiedział cicho przez zęby:

— Słuchaj, chłopaczku. Nie rób mi tu wykładu o niesubordynacji. Jestem w pełni świadomy legalnej sytuacji, jeśli chodzi o angielską policję i prawo szkockie. Nie jest konieczne, byś zaznajamiał mnie z procedurami dochodzenia kryminalnego. Jestem w pełni kompetentny, by skontaktować się z oskarżycielem publicznym, jak i kiedy mi się to wyda konieczne, z racji, że dżentelmen ten jest moim bliskim przyjacielem. Na przyszłość, zasugerowałbym panu, by upewnił się pan, na jakim stanowisku się pan znajduje, zanim przeprowadzi pan wykład swoim przełożonym. Dla pańskiej informacji, jestem również w stanie skontaktować się z pańskim przełożonym i rozkazać pana zwolnienie. Czy to jasne?

Zanim Hardy mógł cokolwiek skomentować, nie żeby miał do powiedzenia coś, co by spowodowało ustanie jego kariery w londyńskiej policji, mężczyzna kontynuował:

— Nazywam się Howard Denholme, jestem właścicielem tego majątku ziemskiego i pozwolę sobie ci powiedzieć, Hardy, że twoje zachowanie nie zostało obliczone na wywarcie na mnie wrażenia. Powinienem zamienić słowo z moim dobrym kolegą, asystentem komendanta londyńskiej policji metropolitalnej. Muszę powiedzieć, że, jak dotąd, jesteś hańbą dla tej służby. Zupełną hańbą. Dlatego też, proszę, bądź tak miły i porozmawiaj z moim kamerdynerem w kwestii „sprawy kryminalnej", jak to określiłeś, zanim wykopię twój godny pogardy zadek w zaświaty.

Rumieniąc się z zawstydzenia i niekończącej się wściekłości, Hardy wyznał sztywne i zdecydowanie nieadekwatne przeprosiny, ale zanim miałby szansę na cofnięcie się, ktoś zapukał do drzwi gabinetu i powoli je otworzył. Elegancka dama, bardzo szczupła i drobna, weszła do pokoju. Stała przy drzwiach z dłońmi złożonymi przed nią.

— Pan wybaczy — powiedziała do Hardy'ego, który posłał jej uśmiech i delikatny ukłon.

— Nic nie szkodzi. Właśnie wychodziłem — Wyszedł, bardzo powoli zamykając za sobą drzwi. Kiedy to zrobił, usłyszał, jak kobieta zaczęła mówić:

— Chciałeś się ze mną zobaczyć?

Pan Denholme, nadal zirytowany, zaczął bardzo głośno krzyczeć o czymś, co się zepsuło.

Hardy obrócił się do kamerdynera, który był w pobliżu.

— Guwernantka czy pokojówka?

Kamerdyner szyderczo parsknął śmiechem.

— Może pan wierzyć lub nie, ale to pani tego domu, pani Denholme.

Hardy był zdumiony. Chociaż wcześniej widział już tego typu znaki: wielki, apodyktyczny mąż, mała, przerażona, niczym ptaszek żona. Była to kompozycja, która nigdy nie kończyła się dobrze. Pokręcił głową, by uwolnić ją od widoku jej delikatnych, przerażonych oczu i ściśniętych dłoni.

Kamerdyner prowadził go do tylnej części domu. U podnóża słabo oświetlonych, gołych schodów, odsunął się, by machnięciem ręki zaprosić Hardy'ego do pokoju.

— Wejdź do mojego salonu, powiedział pająk do muchy[2].

Hardy uśmiechnął się, słysząc ten frazes.

— Dziękuję. Powiedz mi, czy ten majątek ziemski jest odziedziczony?

Kamerdyner zaprosił go, by zajął miejsce, i odpowiedział kolejnym parsknięciem.

— Ach, nie. Kupił go. Kiedy zarobił swój pierwszy million ze swojego imperium pasty do butów.

— Interesujące.

— Ty i ja jesteśmy w nie tej profesji, kolego — dodał kamerdyner. Hardy nie mógł się z nim nie zgodzić.

Na piętrze, Louisa Denholme wyszła z gabinetu roztrzęsiona, ale zdecydowana. Podeszła do telefonu znajdującego się w holu. Musiała się pospieszyć. Jej palce drżały, kiedy trzymała odbiornik i poprosiła operatora o numer. Na drugim końcu linii zadzwonił dzwonek i nareszcie, kiedy była na skraju poddania się ze strachu, że zostanie przyłapana, ktoś odpowiedział.

— Ach, pan Nelson... — zaczęła.

— Mleko i cukier, inspektorze?

Hardy otrząsnął się ze swoich myśli, w których bez przerwy powtarzał scenę, która miała miejsce w gabinecie.

— Ehm... Tak, poproszę, jedna łyżeczka cukru.

---

[2] Jest to pierwszy wers opublikowanego w 1828 roku wiersza Mary Howitt, pt. *„Pająk i mucha"*. Oryginalnie, pierwszy wers powinien brzmieć: *„Czy wejdziesz do mojego salonu? (..)"*, jednak często jest on błędnie cytowany jako: *„Wejdź do mojego salonu (...)"*.

Dziękuję.

Pan Roberts był Londyńczykiem w każdym calu. Do herbaty dodał zaledwie kapkę mleka i hojną łyżeczkę cukru, po czym podał filiżankę Hardy'emu. Wziąwszy swoją własną filiżankę, kamerdyner usiadł naprzeciwko Hardy'ego w wytartym, acz wygodnym fotelu.

— Tęskni pan za Londynem? — zapytał Hardy. Roberts się zaśmiał.

— Za tym całym hałasem? Nie wspominając o brudzie, smogu i korkach? Oczywiście, że tęsknię! Utknąłem tu z wrzosami, drzewami i pagórkami. Czuję się trochę, jakbym był w cholernej dżungli. Co pięć minut przelatują tutaj orły wielkości małego kucyka. Tęsknię za wróblami. Wie pan, że temu cholernemu orłowi nie można dać okruszków chleba?! Rozerwie pana ramię na strzępy, jestem tego pewien — Głośno wymieszał swoją herbatę, pozwalając, by łyżeczka zabrzęczała na spodku. Potem głośno siorbnął, popijając herbatę, i ze wdzięcznym westchnieniem wygodnie oparł się o fotel. — To jest jeden z wielu powodów, dla których tutejsi nienawidzą pana Denholme'a. Muszę przyznać, że ich rozumiem. Powinien był najpierw dać pracę miejscowym, a później przyjezdnym. Ale nigdy tego nie zrobił. Ma śmieszne pomysły. Dla niego to miejsce to taki mały kawałek angielskiego raju zagnieżdżony zaraz pod nosami jakobitów. To jego słowa, nie moje. Moja żona jest Szkotką i nigdy nie powiedziałbym słowa przeciwko nim.

Hardy wypił herbatę, parząc przy okazji swoją buzię. Odłożył filiżankę.

— W jakim sensie jego pomysły są „śmieszne"?

— Cóż, on czuje się w obowiązku, by być dumnym Anglikiem, gdziekolwiek jest. Naprawdę bardzo wszystkich drażni. Ma tutaj nawet przysyłane zapasy pociągiem prosto z Londynu , a potem wozem ze stacji, a przecież jaśniepan nie jest tu jedynym przyjezdnym. To znaczy, mam nadzieję, że ja sam jestem takim samym patriotą, jak każdy inny. Zrobiłem swoje podczas Wielkiej Wojny, walczyłem za Króla i za kraj, razem z moimi komradami, wielu z nich było Szkotami, Irlandczykami albo Walijczykami z walijskich dolin. Byli nawet czarni koledzy, którzy przyjechali tu z Jamajki, i Karaibowie odmrażający sobie stopy w Belgii razem z nami wszystkimi. Potem byli też Australijczycy i Nowozelandczycy. Byliśmy wszyscy jak bracia. Dobrzy byli z nich ludzie, nigdy mnie nie zawiedli, wiedziałem, że mogę im ufać całym moim życiem. W sumie, rzeczywiście ufałem im całym swoim życiem i jestem z tego dumny. Ehm... O czym ja mówiłem?

— Że zrobił pan swoje dla kraju — powiedział Hardy.

— Ach, tak. Jestem z tego dumny, bardzo dumny. Ale cóż, to tylko moja opinia, jednak Jaśnie Pan posuwa się za daleko. Nie jestem wystarczającym frajerem, żeby powiedzieć mu to w twarz. Nasz pan D nie lubi, kiedy ktoś się z nim nie zgadza. Gdyby się o tym dowiedział, już bym stąd wyleciał z hukiem. Na dodatek jest trochę drażliwy, jeśli wie pan, co mam na myśli. Bo przecież wkupił się w to miejsce, a nie do końca tu pasuje. Uwielbia dzierżyć władzę.

— Hmm... — Hardy rozejrzał się wokół siebie. Pomieszczenie było przytulne i dobrze oświetlone, chociaż tapeta była delikatnie zszarzała, a tu i tam róg tapety trochę odklejał się od ściany. W stronę sufitu i wokół drzwi ciągnęło się pęknięcie. Najwyraźniej próbowano wypełnić je połamaną tapetą i odrobiną farby, ale pęknięcie się poszerzyło. Za salonem kamerdynera znajdowała się kuchnia. Oczywiście, nie wiedziałoby się o tym, gdyby się jej nie zobaczyło. Nie dochodziły z niej praktycznie żadne dźwięki, chociaż co jakiś czas Hardy widział kobietę w fartuchu przechodzącą przez ciemny korytarz. Po jego lewej stronie mógł wyjrzeć na ogród przez duże okno panoramiczne, a światło z domu rozjaśniało skrawek trawy, który, jak podejrzewał, był początkiem trawnika.

Panowała cisza, choć siedzenie w niej było przyjemne, szczególnie kiedy teraz jego paskudny nastrój zaczął lżeć. Poczuł, że powinien przejść do biznesów. Chciałby w końcu iść do łóżka.

— Więc jaki jest problem? Dlaczego byłem potrzebny? Powiedziano mi, że, ehm... zobrazuje mi pan tę sprawę.

— Cóż, mieliśmy dwa włamania, były też groźby. Prawie doszło do pożaru, ale pan Denholme zorientował się na czas i udało mu się go ugasić. Mieliśmy problemy z wandalami, kłusownikami, że tak to nazwę, działo się to przez ostatni miesiąc. Wygląda to jak jakaś wendeta przeciwko rodzinie.

— Opowiedz mi o pożarze.

— Nie ma za bardzo co mówić. Pewnego ranka w małym pokoju dziennym zaczął się pożar. Przypuszczaliśmy, że kawałek drewna wypadł z kominka na dywan. Pani Denholme to zauważyła i podniosła alarm. Pan Denholme po prostu tam wmaszerował i ugasił ogień. Trochę to było ryzykowne, chociaż podejrzewam, że sam bym spowodował więcej szkód tym moim wiadrem z wodą.

— Hmm... — powiedział Hardy. — Dużo szkód?

— Trzeba było kupić nowy dywanik. Odrobinę farby na ścianie obok kominka. Nic poważnego. Mogło się skończyć znacznie gorzej, jeśli nikt by nie zauważył.

— A co z pozostałymi sprawami? Czy coś

zostało skradzione podczas włamań?

— Gotówka z szuflady w biurku pana Denholme'a. Jakieś czterdzieści funtów, przyzwoita suma, ale nie warto się za nią wieszać.

— Prawda.

— Trochę biżuterii. Parę pierdółek, małych, ale cennych. Wydaje mi się, że skradziono srebrny puchar, który dostał pan Denholme w nagrodę za wygrany turniej w golfa rok czy dwa lata temu. Perły pani Denholme. Standardowe rzeczy.

Hardy skinął głową, ponownie rozglądając się wokół siebie. Kradzież nie poskutkowała olbrzymim łupem. Ten wielki dom był w wyglądzie trochę obskurny. To wszystko razem sprawiło, że Hardy zaczął być podejrzliwy.

— Rozumiem. Widział pan lub słyszał jakieś groźby? Co to było, listy?

— Nie, nie widziałem ich. Tylko mi o nich powiedziano. Przepchnięto je pod francuskimi drzwiami w gabinecie. Drzwi nie do końca pasują. W zeszłym tygodniu przyszła jedna wiadomość, inna tydzień przed, a jeszcze inna wcześniej. Pan Denholme powiedział, że je spalił, by jaśnie pani czy dzieci ich nie zobaczyli. Powiedział mi, że to był „wstrętny język". Co zrobią jemu i jego damie, jeśli się nie wyniosą, tego typu rzeczy. Oczywiście, pozbył się tej pierwszej, żeby nie martwić pani Denholme, ale nie myślał, że może być więcej. Ale potem przyszły dwie następne, więc ich też musiał się pozbyć. Powiedział, że zawierały ten sam rodzaj gróźb. „Doigrasz się. Wynoś się gdzie indziej", tak samo jak wcześniej.

— Czy zna pan kogoś konkretnego, kto żywi do pana Denholme'a urazę?

— Szczerze, to mam całą milową kolejkę takich osób. Każdy w pobliskich stronach, kto nie ma pracy, albo ktoś z całej masy, kto został wylany, wyeksmitowany, dostał karę grzywny lub poszedł do więzienia. Ostatnio było o panu Denholmie tutaj głośno wśród miejscowych, a na dodatek jest bliskim przyjacielem oskarżyciela publicznego. Jeśli zapyta pan posterunkowego z wioski obok, ten prawdopodobnie poda panu nazwiska paru lokalnych łajdaków. Moja rada to, żeby zachował pan dystans, kiedy tylko podaje pan komuś swoje nazwisko — Zachichotał, ale więcej nie wytłumaczył.

Hardy podziękował mu za herbatę i wyszedł, pogrążony w myślach. Poszedł do kuchni i spędził parę minut, rozmawiając z resztą personelu – z żoną kamerdynera, która była kucharką, oraz z młodą dziewczyną, która jej pomagała i sprzątała, pod tytułem służącej od wszystkiego. Nadal myli wszystkie naczynia od obiadu, suszyli i odkładali. Bezpańska szmatka pozostawiona na oparciu krzesła sugerowała, że pan Roberts pomagał w myciu naczyń, kiedy Hardy przyjechał.

— To cały personel? — zapytał Hardy. — Niewiele osób jak na dom tego rozmiaru.

— A jakże, tak. W zeszłym tygodniu dwóch zwolnił, powiedział, że ich praca nie spełniała wymogów. I jednego w zeszłym miesiącu z tego samego powodu. No, i przez ostatnie miesiące nie było też trzech kolejnych, ale nie jesteśmy w to wtajemniczeni. Tak że teraz jesteśmy tylko my. Myślałam, że ogarnięcie tego całego miejsca zupełnie nas wykończy — powiedziała pani Roberts.

Wydawało mu się to dziwne. Jednak nadawało to większego znaczenia jego początkowemu pomysłowi.

Właśnie w tym momencie pani Denholme weszła do kuchni. Hardy się przedstawił, z racji że nie zrobił tego przy ich pierwszym spotkaniu. Wydawała się skołowana, co przypisał zaskoczeniu, iż zobaczyła londyńskiego policjanta w swojej własnej kuchni. Mimo to, była przyjazna i sympatyczna, w odróżnieniu od swojego męża, miała bardzo drobną posturę, co sprawiało, że Hardy czuł instynktowną potrzebę chronienia jej. Wytłumaczył, skąd się tam wziął, a ona podziękowała za jego pomoc, dodając, że wie, że to nie jest jego prowincja, ale jej mąż martwił się ogólną niechęcią względem niego, dlatego byłaby wdzięczna za wsparcie Hardy'ego. Hardy miał wątpliwości, ale zwyczajnie się uśmiechnął i obiecał, że zrobi, co w jego mocy.

Zapytał, czy widziała kogoś kręcącego się w pobliżu, lub czy miała jakiekolwiek pojęcie, kto mógłby stać za tymi incydentami. Zrobiła się blada, kiedy o tym wspomniał, a jego to nie zdziwiło. Wydawała się drobną, nieśmiałą osóbką i, niewątpliwie, wszystko to było dla niej bardzo stresujące. Powiedziała, że nie jest w stanie mu w tej kwestii pomóc.

— Przepraszam, inspektorze, ale staram się odcinać od spraw biznesowych mojego męża. Moja sfera jest bardzo tradycyjna, czyli dom i dzieci. A teraz, pan wybaczy, inspektorze — powiedziała pani Denholme. — Zeszłam na dół tylko po termofor dla mojego najmłodszego syna, w pokoju dziecinnym jest dosyć chłodno. Tak więc, dobrego wieczoru.

Służąca podała termofor z gorącą wodą, a pani Denholme, przycisnąwszy termofor do swojej piersi, jakby to jej było zimno, a nie dziecku, odwróciła się i poszła z powrotem na piętro.

— Bardzo miła kobieta — skomentował do kucharki.

Przytaknęła i się uśmiechnęła.

— A jakże, sama z niej słodycz. Nie mam pojęcia, jak ona daje radę z tym mężczyzną. Nie mam pojęcia, ale i tak...

— Zgadza się — Hardy odnotował to w pamięci. Zapytał służącą i kucharkę, czy zauważyły coś niestandardowego, czy widziały lub w ogóle słyszały o czymś, co mogłoby nadać jakiś trop w kwestii tożsamości włamywacza lub autora wiadomości z groźbami. One jednak stwierdziły, że nie zauważyły niczego dziwnego, nie widziały żadnych wiadomości, ani nie słyszały żadnych plotek we wsi. Nie będąc w stanie wymyślić już niczego, o co warto byłoby je zapytać, Hardy się pożegnał i wyszedł.

Gregg pojawił się znikąd, by towarzyszyć mu w drodze powrotnej do wioski. Najpierw Hardy chciał mu powiedzieć, że nie ma takiej potrzeby, ale potem przypomniał mu się koń i wóz.

Jutro rano będzie musiał skontaktować się z posterunkowym, tak jak zasugerował kamerdyner. Potem ustali spotkanie z oskarżycielem publicznym, by uprzejmie wytłumaczyć mu jego obecność oraz przedyskutować zmartwienia jego najlepszego przyjaciela, właściciela ziemskiego. Będzie to spotkanie, z którym będzie musiał sobie poradzić z najwyższą ostrożnością i taktem. Były to dwie cechy, których wyraźnie mu brakowało.

Było dopiero po wpół do jedenastej, kiedy w końcu dotarł do swojego pokoju. Wziął kąpiel w letniej wodzie i się przebrał, zastanawiając się, czy nie zejść na dół i nie zapytać gospodarza o jakieś plotki dotyczące problemów pana Denholme'a. Nagle jednak poczuł się bardzo zmęczony, położył się do łóżka w ubraniach i od razu zasnął.

Nie pozwolono mu jednak spać przez dłuższy czas. Praktycznie natychmiast, albo tak mu się wydawało, ktoś zaczął walić w jego drzwi, wołając ogłuszającym głosem, który mógłby zbudzić zmarłych:

— Hardy? Jesteś tam? William Hardy!

Z dalszej części korytarza dobiegł odgłos szczekania pekińczyka w jednym z pokojów dla gości.

Nieprzytomny z wyczerpania, Hardy, zataczając się, podszedł do drzwi, będąc w stanie jedynie odpowiedzieć szybkim:

— Tak, tak. Idę, idę — Grzebał się z zamkiem i z klamką.

Drzwi otwarły się praktycznie same z siebie, a kiedy Hardy podniósł głowę, oszołomiony, miał jedynie czas, by zauważyć olbrzymiego mężczyznę wypełniającego całą framugę, zanim pięść mężczyzny zetknęła się z policzkiem Hardy'ego. Nastała ciemność.

*

Dzień Trzeci: Czwartek

Po wydarzeniach zeszłego wieczoru, Hardy był przekonany, że wstanie z samego rana będzie twardym orzechem do zgryzienia. Jego przypuszczenia nie obejmowały jednak pobliskiego koguta, który budził go co dwie minuty od wpół do czwartej. O szóstej rano, Hardy był gotowy zabić ptaka i zjeść go na śniadanie. A przynajmniej, liczył, że będzie on w wieczornym menu. Najwyraźniej stał się mieszczuchem. Niewątpliwie, miejscowi nie mieli problemów ze spaniem wśród odgłosów wsi, jednak on uważał je za natrętne i zadziwiająco głośne. To było zbyt wiele jak na „ciszę i spokój" wiejskiego życia.

Jego serce waliło. Jego prawe oko było po części zamknięte i otoczone fioletową aureolą po wizycie nieznanego agresora zeszłej nocy. Nie pamiętał nic po tym, jak podszedł do drzwi. Potrafił wyobrazić sobie swoją dłoń na gałce od drzwi, ale po tym jego pamięć była opustoszała. Miał jednak zamiar stanąć na głowie, by dowiedzieć się co się właściwie stało.

Czuł się strudzony aż do kości, ale z tyloma

rzeczami do zrobienia i z tym cholernym, skrzeczącym ptakiem, leżenie w łóżku nie było dobrą opcją. Nie było ciepłej wody, więc umył się i ogolił, używając zimnej, po czym połknął parę tabletek aspiryny. Kiedy dotarł do małego pomieszczenia, w którym goście gospody jedli swoje posiłki, jego humor nie należał do najlepszych.

Bardzo wyraźny zapach solonych i wędzonych śledzi spotkał się z jego nosem, kiedy otworzył drzwi. Zerknął do środka i zobaczył tę samą starszą kobietę z zeszłego wieczoru, podającą kawałeczki śledzia swojemu grubemu pekińczykowi stojącemu na krześle obok niej. Zapach się nasilił, a widok psa chłepczącego kawałki śledzia ze stołu przyprawiało Hardy'ego o mdłości. Wyszedł z pokoju bez żadnego powitania i skierował się do baru, by sprawdzić, czy jest tam właściciel.

— Ach, inspektorze. I jak się pan dziś czuje? — Nelson już polerował szklanki. Hardy się zastanawiał, czy ten człowiek kiedykolwiek robił coś innego.

— Dzień dobry — powiedział Hardy. — O ile to rzeczywiście jest dobry dzień. Nie czuję się najlepiej, myślę, że tak będzie najsprawiedliwiej. Z pewnością już pan wie, że zeszłej nocy zostałem zaatakowany w moim pokoju. Czy to, że tak powiem, częste zdarzenie? Nie do końca rozumiem, dlaczego nie zadzwonił pan na policję.

Na wspomnienie policji Nelson wyglądał na zaalarmowanego. Odłożył swoją szmatkę i szklankę, po czym z wyrozumiałym uśmiechem i uspokajającymi gestami swoich rąk powiedział:

— A jakże znowu, wiem, proszę pana, i naprawdę przepraszam. Niestety, nikt nie zauważył, kto wszedł na górę do pańskiego pokoju, ale nie było też tak późno, a bar był otwarty. Jest otwarty dla wszystkich, jak już pewnie pan zauważył. Oczywiście, spuszczę tę jedną noc z pana rachunku za zakwaterowanie.

— To bardzo wspaniałomyślne z pana strony — Ton Hardy'ego był sarkastyczny, jednak Nelson odebrał to jako prawdziwe podziękowanie.

Właściciel powiedział z niestosowną próbą zażartowania:

— Wszyscy będą myśleć, że pana kobieta to panu zrobiła.

— Nie do końca — zauważył Hardy. — Już spałem w łóżku, ktoś zaczął walić do drzwi, wstałem, otworzyłem, a potem...

— A jakże... Jak już mówiłem, bardzo mi przykro. Hałas obudził naszą powieściopisarkę, dlatego właśnie się dowiedziałem. I bardzo dobrze. Lekarz pił na barze, więc od razu go zaprowadziłem, żeby na pana zerknął. Pan posłucha, upewniłem się, by miał pan opiekę medyczną najszybciej, jak to możliwe — podkreślił Nelson, jakby zrobił wszystko, czego normalny człowiek mógłby się spodziewać. Kontynuował, mówiąc Hardy'emu, że starsza kobieta sapała na parterze w największej koszuli nocnej, jaką kiedykolwiek widział, a jej odrażający pies bez przerwy szczekał u jej stóp. Kobieta powiedziała, że usłyszała jakąś „burdę", po czym zaczęła domagać się zejścia z ceny jej pokoju ze względu na zakłócenie spokoju. Właściciel i lekarz pospieszyli na górę, ale nie widzieli agresora, a Nelson nie był w stanie naświetlić tożsamości gościa Hardy'ego.

— Najwidoczniej to ktoś, kto wiedział, że tu jestem — powiedział kwaśno Hardy.

— A jakże. Z pewnością już po całej wiosce chodzi, że William Hardy jest w „Occie".

Wyglądało na to, że wszystko to strata czasu, ale Hardy musiał dodać:

— A ten cholerny kurczak w sąsiedztwie nie

polepszał sytuacji. Mam nadzieję, że będzie w menu na dzisiejszą kolację.

Peter Nelson parsknął śmiechem. Hardy nie żartował, ale nie było sensu w drążeniu tej sprawy. Z pewnością tej nocy będzie zbyt pochłonięty snem, by usłyszeć koguta. Przynajmniej, taką miał nadzieję.

— Moja żona planuje przygotować na wieczór potrawkę, ale nie z kurczaka. Chociaż... — Schylił się do niego, i schodząc z tonu, chociaż nikogo nie było w pobliżu, powiedział: — Pan posłucha, jeśli kto zapyta, mógłby pan powiedzieć, że to potrawka z kurczaka. Rozumie pan? Kurczak, niech pan nie zapomni. Niech pan nie mówi, co to było naprawdę.

Hardy się w niego wpatrywał. Czy Nelson mówił to poważnie do policjanta? Gapił się na właściciela przez pełną minutę, zanim się poddał i skinął ze zrozumieniem. Nie było sensu, by wplątywać się w kolejne problemy.

Wyszedł na zewnątrz, wszedł do swojego auta i wyjechał wzdłuż wybrzeża, aż znalazł miejsce, gdzie zjadł dobre śniadanie. O dziewiątej rano już pukał do drzwi wejściowych budynku policji w wiosce obok.

— Twoja żona ci to zrobiła, chłopaczku? — zapytał posterunkowy Forbes, kiedy Hardy wszedł do środka. Howard Denholme również nazwał Hardy'ego „chłopaczkiem", jednak z ust tego pulchnego posterunkowego z sympatycznym uśmiechem tym razem nie brzmiało to jak celowa obelga. Hardy podejrzewał, że Forbes zbliżał się już do wieku emerytalnego, chociaż jego okrągła buzia była gładka i bez zmarszczek, jakby miała ze czterdzieści lat mniej.

Weszli do pomieszczenia, które zasadniczo było pokojem przyjęć, choć znajdowało się tam biurko, parę krzeseł i szafa na dokumenty. Szereg ubrań i sprzętu na deszczową pogodę był ułożony na źle wyglądającym wieszaku w rogu pokoju.

Przez okienną szybę, przyciemnioną wielką, pnącą się rośliną na zewnątrz, Hardy dostrzegł odbicie swojej twarzy z olbrzymim, fioletowym siniakiem rozciągniętym wszerz górnej części jego policzka, i okrążającym jego prawe, przymknięte oko. Pomyślał żałośnie, że zdecydowanie nie wyglądał jak policjant.

— Ehm... nie — odmówił jakichkolwiek wytłumaczeń, ponieważ nadal nie wiedział, kto go zaatakował i dlaczego. To była kolejna sprawa, którą będzie musiał później załatwić. Zamiast tego, wyciągnął swoją legitymację policyjną i powiedział:

— Jestem inspektor Hardy z londyńskiej policji metropolitalnej. Jestem w okolicy ze względu na sprawy prywatne, ale zeszłej nocy wezwano mnie do rezydencji pana Howarda Denholme'a, ehm... do Barr Hall. Podejrzewam, że zna pan to miejsce oraz rodzinę. Z tego, co zrozumiałem, ostatnio mieli trochę problemów. Czy wie pan o tym cokolwiek?

Posterunkowy wszystko to zignorował, poza pierwszą częścią jego mowy. Wpatrywał się w Hardy'ego ze zdumieniem.

— Pan wybaczy, jeszcze raz, jak się pan nazywał?

Hardy z niecierpliwością wyciągnął legitymację policyjną i trzymał ją u góry, by posterunkowy sam mógł ją zobaczyć. Mężczyzna ją chwycił, przechylił w stronę światła z zakratowanego, przyciemnionego okna, i przez całe dwie minuty dokładnie ją oglądał. Hardy, wyczerpany fizycznie i mentalnie, prawie już stracił panowanie nad sobą. Bardzo się starał, by powstrzymać się przed czymś nieodpowiednim. Niczego by nie osiągnął, jeśli straciłby nad sobą panowanie. Powiedział najuprzejmiej, jak tylko mógł:

— Czy jest jakiś problem, panie posterunkowy?

Posterunkowy natychmiast oddał mu legitymację i ze spóźnioną próbą okazania szacunku praktycznie stanął na baczność.

— Nie, skądże, proszę pana. Proszę. Pan wybaczy, ale nie do końca zrozumiałem, co pan...

Z westchnieniem, Hardy powtórzył swoje pytanie dotyczące Howarda Denholme'a. Posterunkowy nadal nie wyglądał na słuchającego. Instynkt podpowiadał Hardy'emu, że ten nadal zastanawiał się nad legitymacją. Ewidentnie nie zajdzie daleko, dopóki nie rozwiąże problemu, jaki ta legitymacja zdawała się stwarzać.

— O co chodzi? — zapytał, z udawaną cierpliwością, ale w jego głosie słychać było jedynie irytację.

— Och, nic, proszę pana, nic. Co mogę dla pana zrobić?

— Cóż, powiedziałem już panu dwa razy, że jestem tutaj...

— Chodzi o to, że ma pan to samo imię i nazwisko, i tę samą twarz co jeden z naszych najbardziej osławionych, miejscowych przestępców.

— ...w związku z problemami pana Denholme'a... Przepraszam, co pan właśnie powiedział? — Hardy wpatrywał się w posterunkowego.

Posterunkowy Forbes się przesunął i wyglądał, jakby bardzo pragnął, by ziemia się otwarła i go dosłownie pochłonęła.

— To znaczy, proszę pana, nie chcę okazywać braku szacunku, ale w sąsiedztwie mamy młodego mężczyznę i on też nazywa się William Hardy. Ostatnio został wypuszczony z więzienia, w którym spędził rok za kradzież, i znowu zaczyna swoje stare triki: kłusownictwo, drobne kradzieże, posiadanie skradzionych przedmiotów, pijackie burdy i, oczywiście, jego ulubione, czyli uwodzenie żon innych mężczyzn. Mógłby być pana bratem bliźniakiem, gdyby nie ten pański garnitur.

Hardy, mając ochotę poprosić posterunkowego, by wszystko powtórzył, po prostu zatrzymał się na chwilę, by przemyśleć wszystkie te informacje. Czy to mógłby być powód, dla którego został zaatakowany? Zwyczajny przypadek bycia wziętym za kogoś innego? Nie żeby to mogło być jakąkolwiek wymówką.

— Tutaj? Czy w Lower Bar?

— Cóż, krąży tu i tam. Nie jestem do końca pewien, gdzie jest na stałe, ale zwykle jest aktywny w Lower Bar. Najprawdopodobniej śpi gdzieś pod gołym niebem.

Jego zdrowy rozsądek znów się umocnił. Hardy wzruszył ramionami.

— Myślę, że nie jest to specjalnie niespotykane imię, prawda? Moje imię jest prawdopodobnie jednym z najbardziej popularnych w Brytanii, a nazwisko też nie jest szczególnie rzadkie. A teraz, moglibyśmy wrócić do mojej prośby?

— Tak, proszę pana, oczywiście. Ehm... jeszcze raz, o co chodziło?

Hardy pojechał do Edynburga zobaczyć się z oskarżycielem publicznym tylko po to, by okazało się, że go nie ma. Jego sekretarz poinformował go, że musi zarezerwować wizytę. Te jednak nie były dostępne aż do przyszłego tygodnia. Ostatecznie, sekretarz zgodził się na zaplanowanie rozmowy telefonicznej z Hardym, kiedy ten będzie już w gospodzie. Najwyraźniej wybitny dżentelmen będzie w stanie poświęcić trzy minuty na rozmowę z Hardym.

Wrócił do Lower Bar zirytowany i i

sfrustrowany opóźnieniem. W „Occie" dostał letnią, krupiastą kawę, podczas gdy tak czekał na telefon z biura oskarżyciela miejskiego. Kiedy w końcu telefon zadzwonił, godzinę później niż się umawiali, esencją rozmowy było to, że oskarżyciel miał mgliste pojęcie co do problemów pana Denholme'a, chociaż co nie co słyszał podczas meczu w golfa z paroma innymi osobami, jednak nie mieli wolnego czasu, by porozmawiać o tym w szczegółach. Dodał, że nie wiedział, czy pan Denholme postanowił rozmawiać o tych problemach z policją w Edynburgu.

I tak wydawała się ta sprawa kończyć, z tego co wiedział oskarżyciel. *Przyjaciel* – pomyślał Hardy. Oskarżyciel wcale nie był tak zainteresowany sprawami pana Denholme'a. Czyżby pan Denholme rościł sobie prawo do przyjaźni, która w rzeczywistości nie była niczym więcej niż zwyczajną znajomością?

Hardy wyszedł z małego, tylnego gabinetu gospody, czując się zupełnie nieoświecony. Jakim cudem wplątał się w ten cały bałagan? Gdzieś z tyłu głowy szeptał do niego głos: *„Dla 500 funtów i dla szansy poproszenia Dottie Manderson o rękę".* Bez żadnego postępu w żadnej ze spraw, czuł, jakby nad nim osadziła się wielka chmura mroku. Jego humor nie poprawił się również, kiedy ujrzał uśmiechniętą twarz pana Gregga gotowego na swoją pierwszą lekcję jazdy autem.

Łagodne spojrzenie Gregga skupiło się na obrażeniach, jakie odniosła twarz Hardy'ego. Patrząc mu prosto w oczy, zapytał:

— Żona ci to zrobiła, chłopaczku?

Po lekcji jazdy Hardy miał rozstrój żołądka, a jego nerwy wisiały już na włosku. Desperacko potrzebował świeżego powietrza, dlatego zdecydował się iść na spacer po wiosce. To zajęło mu dziesięć minut. Kolejny spacer trwał już dwadzieścia minut. Nadal zastanawiał się nad problemami, których doświadczał Howard Denholme. Czy rzeczywiście powinien pojechać na komendę policji w Edynburgu i dowiedzieć się, czy prowadzą dochodzenie w imieniu Denholme'a, czy po prostu powinien się poddać i zostawić tę sprawę jako zwyczajnie nieistotną? W końcu, był na corocznym urlopie, a to nie była jego jurysdykcja. Niezdecydowany, przechadzał się po wiosce, a potem spędził kolejne dwadzieścia minut, rozglądając się wokół kościoła i cmentarza, co tylko pogorszyło jego samopoczucie, kiedy przypomniał sobie, że jego matka niedawno zmarła. Poszedł wzdłuż drogi, by popatrzeć na morze, jednak plaża była kamienista i niebezpieczna, dlatego nie był w stanie dojść do brzegu.

Wrócił do „Octu" i zadzwonił to swojego gabinetu w Londynie. Zrobiło mu się niezwykle miło, słysząc znajomy, krzepki głos sierżanta Maple'a, jego asystenta i dobrego przyjaciela. Po podzieleniu się z nim wieściami przez pierwsze dwie minuty, Hardy musiał pospieszyć się, jako że została już tylko minuta, i poprosić Maple'a, by dowiedział się, czy ktoś z londyńskiej policji został wysłany do Lower Bar, bo, jak się okazało, jego – lub kogoś innego z policji metropolitańskiej – się tu spodziewano. Potem poprosił Maple'a, by dowiedział się, czego tylko się da, na temat Howarda Denholme'a.

O dwunastej Hardy'emu skończyły się rzeczy do roboty. Stwierdził, że przyda mu się zmiana, dlatego przeszedł przez ulicę i poszedł do innego pubu, który nosił nazwę „Dirk". Zastanawiał się, czy serwowali lunch.

Drzwi otwarły się prosto na posępny bar. Wchodząc prosto ze słonecznego dworu, mało widział w tym ciemnym wnętrzu i zderzył się z jakimś wielkim ciałem.

— Kim jesteś? — domagał się odpowiedzi głos, zanim Hardy mógł przeprosić.

Nie zastanawiając się nad swoim bezpieczeństwem osobistym, po raz kolejny podał nieznajomemu swoje imię.

— William Hardy —powiedział.

Miał wystarczająco dużo czasu, by ujrzeć olbrzymią pięść zbliżającą się do niego z cienia, po czym przed oczyma widział już tylko gwiazdy, a potem zapadła ciemność.

Obudził się chwilę później. Pierwsza rzecz, której stał się świadom, to jego pulsująca głowa. Potem zdał sobie sprawę, że leżał w ciemnym pokoju. Otworzywszy swoje prawe oko z najwyższą ostrożnością, rozpoznał swoją walizkę leżącą na kredensie obok łóżka. A więc był z powrotem w swoim pokoju, w gospodzie. Na jego czole leżała mokra szmatka, a ktoś ściągnął jego buty i odłożył je schludnie obok łóżka. Kołnierzyk jego koszuli był odpięty, a krawat ułożony na poręczy od łóżka. Poruszenie głową, by rozejrzeć się trochę lepiej, okazało się złym pomysłem. Ból ponownie odepchnął go na chłodną, lnianą poszewkę poduszki, a jego ręce przesunęły się na głowę, starając się zbadać rany, jakich doznał.

Jego nos wydawał się być dwa razy większy niż zwykle i miał na sobie grubą powłokę zeschniętej krwi. Był bardzo wrażliwy i nawet najdelikatniejszy dotyk wprowadzał całe jego ciało w agonię.

Dottie zdecydowała się na podróż do Szkocji Latającym Szkotem ze stacji King's Cross o dziesiątej rano, dokładnie dwadzieścia cztery godziny po Williamie Hardym. Chociaż ona o tym, oczywiście, nie miała pojęcia.

Dottie wyciągnęła swoje robótki ręczne. Nadal dziergała małe ubranka dla dziecka Flory. Jak dotąd zrobiła już cztery małe kaftaniki, dwie pary śpioszków, sześć par mitenek i bucików oraz jeden szalik. Teraz dziergała zestaw małych kamizelek w drugim rozmiarze. Trudno było uwierzyć, że prawdziwa osoba wkrótce będzie nosiła ubranka uszyte właśnie przez nią. Po prostu wydawało się to niemożliwe. Z tego co mówiła Flora, Dottie wiedziała, że jej siostra była tą wizją tak samo podekscytowana jak ona.

Sama Dottie chciała mieć kiedyś dzieci – pomimo tego, że bardzo mało wiedziała o procesie narodzin – a oglądanie, jak ciąża jej siostry postępuje, jak dawała sobie radę i jak jej szwagier na wszystko reagował i pomagał swojej żonie, było dla Dottie naprawdę pouczające. Była zaskoczona, jak bardzo George był zainteresowany tak przyziemnym tematem jak szczegóły dotyczące ciąży. Dottie zakładała, że żaden mężczyzna by się w to nie zaangażował do czasu, aż dziecko trochę urośnie, by móc się bawić ciuchciami lub iść na ryby. Ponadto, ze względu na jej całkiem świeże przywiązanie do Williama Hardy'ego, bardzo dużo myślała o małżeństwie i o dzieciach.

Na balu noworocznym w domu rodziców George'a, Dottie rozmawiała z jego siostrą, Dianą, która przedstawiła jej swoje dosyć uwznioślone poglądy dotyczące mężów i dzieci, oraz obowiązku bycia żoną. Dottie nie do końca zgadzała się ze wszystkim, co powiedziała Diana, ale rozumiała i sympatyzowała z uczuciami, jakie kryły się za jej słowami. Diana miała jednak potajemny romans z mężczyzną, który potem został zamordowany. Jak więc teraz czuła się Diana w kwestii swoich marzeń o byciu posłuszną i kochającą żoną i matką?

Ależ życie jest dziwne – pomyślała Dottie. Przez minutę było się nastolatką chichoczącą i rumieniącą się na jakiekolwiek wspomnienie romansu, potem staje się kobietą zbliżającą się do narodzin swojego pierwszego dziecka, a wszystko kręci się wokół praktycznych szczegółów dotyczących przygotowania pokoju dziecięcego.

Myślała o swoim zadaniu. Od czasu, kiedy pan Bray wytłumaczył jej całą sprawę, nie myślała praktycznie o niczym innym. Zastanawiała się, jak zareaguje mężczyzna, którego miała znaleźć. O ile go znajdzie, rzecz jasna. Powiedziano jej, że ma się spodziewać wiadomości następnego popołudnia, z której dowie się gdzie i kiedy spotkać się ze swoim kontaktem. Ten zaś miał ją zaprowadzić do dawno zaginionego syna pani Carmichael. Wszystko to było potajemne i, nie po raz pierwszy, wydawało jej się to nie pasujące do prostolinijnej pani Carmichael.

Co się mówi osobie, która nigdy nie znała swojej matki? Co dobrego miało to sprawić, skoro jedyne, co mogło się tej osobie powiedzieć, to że matka, której ta osoba nigdy nie znała, już nie żyje? Nie mógł jej już poznać. Nie mógł już z nią nawiązać żadnej relacji. Nie będzie miał z nią żadnych wspomnień. Nie będzie mógł spojrzeć w jej twarz, by sprawdzić czy ma podobny nos lub oczy. Jaki był tego cel? A jednak, tego właśnie chciała pani Carmichael. Pan Bray powiedział Dottie niewiele na temat reszty spadków. Czyżby część jej majątku została zapisana jej synowi? Czy to by go pocieszyło, wiedząc, że jego matka chciała go wspomóc swoją fortuną? A może byłby wściekły lub zazdrosny, dowiedziawszy się, że Dottie dostała jej magazyn i wiele więcej?

Pani Carmichael cierpiała, nie poznawszy swojego syna. Może świadomość tego, że on gdzieś tam był, że żył swoim życiem, uczył się chodzić i mówić, chodził do szkoły i dorastał, była dla niej swego rodzaju pocieszeniem? Teraz jest już pewnie po ślubie, może ma dzieci: wnuki, których pani Carmichael nigdy nie ujrzy. Serce Dottie się łamało na samą myśl. Pani Carmichael zawsze była tak zainteresowana dziećmi i romansami innych ludzi. To pokazywało, jak bardzo tęskniła za swoim jedynym dzieckiem.

Kiedy Dottie dotarła do Edynburga, była już wykończona swoimi emocjami. Kręciło jej się w głowie od wciąż przemijających krajobrazów, które, pod koniec podróży, widziała nawet z zamkniętymi oczyma.

Po kolacji w całkiem ekskluzywnym hotelu w Edynburgu, Dottie była mile zaskoczona, że pan Bray zarezerwował dla niej taksówkę, którą pojechała do Lower Bar. Była wdzięczna za tę wygodę, ale jednocześnie sfrustrowana kolejną podróżą, w trakcie której nadal musiała siedzieć. Przynajmniej na dworze było już ciemno, dlatego nie musiała już oglądać prawdopodobnie jeszcze piękniejszych krajobrazów przez okno. Kierowca taksówki gawędził z nią uprzejmie w trakcie jazdy, jednak ona wyłapała tylko co dziesięte słowo, ponieważ jego bogaty akcent topił się w odgłosie hałaśliwego auta. Jej odpowiedzi zwykle polegały na przytakiwaniu i na uśmiechach. Podróż składała się głównie z ostrych zakrętów oraz przejeżdżaniu przez bramy. Zaczęła się zastanawiać, czy kierowca czasem nie pojechał skrótem przez jakieś prywatne osiedle, wydawało się to prawdopodobne, biorąc pod uwagę mnóstwo zakrętów w drodze do wioski.

W końcu jednak dotarła. Pierwsze, co zauważyła, to świeże, słone powietrze i odgłos morza delikatnie poruszającego się za wysokimi wydmami na końcu ulicy. Kiedy wyszła i zapłaciła kierowcy, rozejrzała się wokół siebie. Nie widziała zbyt wiele. Najwyraźniej w Lower Bar nie było żadnych ulicznych latarni, a w większości domów światła były zgaszone lub widać było jedynie poświatę lampy zza grubych zasłon. Hotel, który według niej nie był prawdziwym hotelem – prawie na pewno był to pub – posiadał tylko jedną lampę nad drzwiami frontowymi, rozświetlającą zużyty znak głoszący: „Oset".

Kierowca podniósł bagaż Dottie i przygotował się, by wnieść go dla niej do hotelu. Ona dotknęła jego ramienia, a ten się obrócił i z powrotem na nią spojrzał.

— Jest jakieś inne miejsce? — zapytała, starając się utrzymać niski tembr głosu. Przeszły po niej ciarki. Czuła, jakby ktoś ją obserwował. — Mogę panu zapłacić za wzięcie mnie w jakieś inne miejsce. Po prostu nie jestem pewna...

— Nie ma żadnego innego hotelu przez kolejne parę mil, panienko, ale mogę panią odwieźć do Edynburga, jeśli pani chce — Obserwował ją z bliska, czekając, aż podejmie decyzję. Dottie przygryzła wargę i rozejrzała się wokół. Czuła, że utknęła, nie będąc w stanie podjąć decyzji. To okropne poczucie bycia obserwowaną nadal było obecne. Nawiedzało ją to uczucie nawet w ciągu dnia, stwierdziła, że chyba nie spodoba jej się Lower Bar. Ale przecież dała słowo panu Brayowi.

Ogarnęło ją zmęcznie. Nagle zdecydowała, że nie musi się przejmować. Jedyne, czego teraz chciała, to filiżanka ciepłej herbaty i łóżko.

— Przepraszam — powiedziała. — To byłoby nierozsądne, prawda? Zostanę tutaj, tak jak planowałam. Jestem pewna, że jest tu przyjemnie.

Taksówkarz rozejrzał się ze zdziwieniem.

— Nie byłbym tego taki pewien.

Jednak posłał jej dodający otuchy uśmiech i wytłumaczył, jak ma się z nim skontaktować, w razie gdyby zmieniła zdanie.

W dziwny sposób, uzbrojenie w tę informację podniosło ją na duchu i przytaknęła przekonana, że podjęła odpowiednią decyzję.

— Zostanę. Wszystko będzie dobrze. Dziękuję! — dodała. Spojrzała tylko przez ramię za siebie. W cieniu dużego, rozłożystego drzewa rosnącego wzdłuż drogi dojrzała ramiona i wysoką posturę mężczyzny. Sporadyczny i delikatny, czerwony blask podpowiedział jej, że mężczyzna palił papierosa. Obserwował ją. Z delikatnym śmiechem, który nie do końca zadziałał, powiedziała do taksówkarza: — Widzę, że miejscowy szpieg już mnie zauważył.

Taksówkarz zaniósł jej walizkę do hotelu, a ona pożegnała się z nim i weszła do środka.

W środku było przynajmniej ciepło, chociaż nie był to standard, na który liczyła. Ciężkie, ciemne panele, głowy i rogi jeleni ozdabiały każdą ścianę. Zakurzone gablotki z wypchanymi rybami, ptakami i kunami leśnymi zagracały wszystkie szafki i stoliki. Sprawiało to, że całe wnętrze przypomnało wiktoriański mrok.

Dottie szybko się zorientowała, że nie ma tam recepcji, musiała podejść do baru, by wpisać się do księgi i odebrać klucz do swojego pokoju. Zauważyła, że było tam tylko pięć pokoi, a dwa były już zajęte. Właściciel gospody przedstawił się jako Peter Nelson i wydawał się być wystarczająco przyjazny. Nawet się jej spodziewał. Teraz była już prawie dziesiąta wieczorem, a Dottie była całkowicie wyczerpana.

— Moja żona za dziesięć minut przyniesie do pani pokoju gorącą zupę. Czy jest coś jeszcze, czego pani potrzeba? Może kieliszeczek whisky, żeby się lepiej spało?

Dottie stłumiła śmiech. Co by powiedziała jej matka, gdyby się dowiedziała, że Dottie piła whisky? Podziękowała mężczyźnie i powiedziała, że będzie bardzo wdzięczna za zupę. Poprosiła też o dzbanek herbaty.

— Jeśli to nie problem — dodała.

— Żaden problem — odpowiedział. — I jak tylko znajdę mojego syna, zaniesiemy pani walizkę na górę. Tego chłopaczyny nigdy tu nie ma, kiedy go potrzebuję. Bez przerwy na dworze przez całą noc i jeszcze wpada w tarapaty.

— Ojejku — powiedziała Dottie z miłym uśmiechem. — Brzmi jak praktycznie wszyscy młodzi mężczyźni w dzisiejszych czasach — Potem, kiedy czekali, dodała: — Wyobrażam sobie, że ma pan jakichś innych gości, którzy zatrzymali się w hotelu?

— A jakże, oczywiście, że tak. Mamy tylko parę pokoi, ale zawsze są zajęte.

Nie miał ochoty powiedzieć nic więcej na temat jego gości. Właśnie wtedy pojawił się obok nich wysoki, patykowaty chłopak patrzący na swojego ojca spode łba.

— No, chłopaczku, weź bagaż panienki na górę do pokoju. I nigdy więcej tych twoich znikających trików, dziś wieczorem potrzebuję twojej pomocy.

Chłopak złapał jej walizkę, jakby ta nic nie ważyła, i pobiegł z dwiema na raz po schodach. Kiedy dotarła do pokoju numer trzy, drzwi stały otworem, a jej walizka została ustawiona obok łóżka. Młodzieniec już wychodził. Podziękowała mu, a on schylił delikatnie głowę w częściowym ukłonie.

— Jestem Alex Nelson. To z moim tatą rozmawiała pani na dole — powiedział. Zarumienił się, kiedy Dottie się do niego uśmiechnęła, po czym dodał: — Jeśli czegokolwiek panienka potrzebuje, proszę po mnie zawołać.

Jeszcze raz mu podziękowała, chociaż nie była do końca pewna, jak miałby ją usłyszeć, gdyby go zawołała ze swojego pokoju. Ale liczyła się sama myśl. Póki co, wszystkie wątpliwości, jakie miała co do tego miejsca, zostały rozwiane. Niemniej jednak, kiedy się rozpakowała i czekała na zupę, nie mogła przestać myśleć o palaczu czającym się na zewnątrz.

Trudno było jej spać w tak dziwnym, nowym miejscu. Dostałą zupę, wodnistą i praktycznie zimną, a do tego ciężki, suchy chleb, po czym zaczęła myśleć, że jej początkowy pomysł, by znaleźć inne miejsce, może i był właściwy. To miejsce będzie okropne. Usiadła przy oknie, spoglądając na cichą ulicę wioski. Przynajmniej wydawało się, że palący mężczyzna już odszedł. Hałas z baru po drugiej stronie ulicy przycichnął. Widziała opuszczających go paru mężczyzn chybotliwie pomagających jeden drugiemu w dojściu do swoich domów. Jedyną inną osobą, jaką dostrzegła, była tęga, starsza kobieta z psem w płaszczu przeciwdeszczowym nałożonym na suknię wieczorową, niecierpliwie ciągnąca za sobą opornego, grubego psa. Dottie ostrożnie wyciągnęła z walizki wszystkie swoje rzeczy. Potem znalazła książkę, którą wzięła ze sobą, i zaczęła czytać.

Około godziny później, Howard Denholm był w swoim gabinecie. Podniósł głowę, usłyszawszy puknięcie do drzwi, po czym zawołał swoim charakterystycznym, władczym tonem:

— Proszę wejść.

Drzwi się otwarły, ktoś wszedł do środka, zbliżając się ostrożnie do biurka. Lekka bryza wleciała do pokoju w stronę otwartych drzwi do ogrodu, sprawiając, że zasłony zaczęły powiewać i delikatnie się rozszerzać, tańcząc w powietrzu. Zza drzwi ciszę przerwały hałaśliwe i niemelodyjne sprzeczki gawronów.

Gość zatrzymał się dosłownie kawałek przed skórą niedźwiedzia.

— Wzywał mnie pan?

Pan Denholme obszedł biurko, panując nad swoją furią. Jedynie jego chłodne oblicze odkrywała jego prawdziwe uczucia.

— Czy ty naprawdę myślałaś, że nie będę domagał się wyjaśnień? Naprawdę sądziłaś, że nie usłyszę o tym, co się działo? Czy ty...

Nie mógł już więcej. Nie miał czasu, by myśleć lub działać. Wybrzmiał cichy odgłos, po którym nastąpił dużo głośniejszy dźwięk, a on opadł jak kamień z jego zwyczajowo zniesmaczoną miną permanentnie wyrytą na twarzy.

*

Dzień Czwarty: Piątek

Kolejny dzień i kolejny wczesny start, ze względu na ból spowodowany jego ranami, i ponownie robiącego harmider koguta z sąsiedztwa. Hardy ledwie był w stanie potrzeć swoją twarz myjką, a to przez niezwykłą wrażliwość jego nosa, kości policzkowych i oka. Udało mu się ogolić, odrzuciwszy fantazję o zapuszczeniu brody, by zaoszczędzić sobie pracy. Oby gładka broda zrekompensowała inne, mniej atrakcyjne aspekty jego twarzy. Nie chciał wyglądać jak pijany zbir.

Nie pamiętał, kiedy ostatnio coś jadł, ale nie było szans, by stawił czoła śledziom lub owsiance. Przejechał się kawałek do pobliskiego miasteczka i zakupił trochę wędlin i owoców na śniadanie ze stoiska targowego, które właśnie było rozkładane. Potem pojechał na komendę posterunkowego Forbse'a, by wysępić trochę kawy lub, jeśli to konieczne, herbaty. Cieszył się, że to zrobił, ponieważ, kiedy siedział tak przy stole, za dziesięć siódma zadzwonił telefon.

Dwadzieścia minut później Hardy już podchodził do ciała, które w połowie leżało na wypolerowanych, drewnianych panelach, a w połowie na dywanie ze skóry niedźwiedzia. Mężczyzna leżał rozciągnięty na plecach z rękoma wzdłuż kręgosłupa oraz ze skrzyżowanymi nogami w kostkach. Od razu było jasne, że ktoś strzelił do niego z jakiejś broni, prawie na pewno z dubeltówki, oceniając po całym tym bałaganie. Oczy mężczyzny były otwarte, choć tępe, a twarz czysta i nienaruszona. Jego zastygły wyraz twarzy w niczym nie przypominał zdegustowanej pogardy, którą posłał Hardy'emu dwa wieczory temu. Krew wsiąkła w łachmany jego koszuli i kamizelki, przyklejając materiał do jego ciała. Miał zupełnie nieodpowiedni opatrunek na bardzo masywnej ranie. Gdzieniegdzie krew nadal była czerwona i płynna, jednak w większości już zbrązowiała i praktycznie stwardniała.

Krew rozlała się na podłogę, spływając w maleńkie szparki pomiędzy deskami. Wsiąkła i rozpryskała się po całej powierzchni skóry niedźwiedzia, sprawiając, że futro wymarłej bestii zostało pokryte ciemnymi, mokrymi plamami. Na ścianie, zaraz za biurkiem, widać było plamy krwi oraz fragmenty ludzkiej tkanki. Gruba smuga krwi ciągnęła się prosto do podłogi. Drobne cząsteczki oszroniły sporą powierzchnię ściany oraz oszklenia dwóch obrazów, prawie tak samo jak z flakonika z pompką, w którym znajdowały się perfumy. Jednak w odróżnieniu od ładnego zapachu perfum, powietrze w pomieszczeniu było paskudne. Śmierdziało krwią i śmiercią.

— Czy ktoś go dotykał? — zapytał pana Robertsa. Kamerdyner, blady i opanowany, pokręcił głową.

— Nie, proszę pana, nie wpuściliśmy pani Denholme do pokoju, ani żadnego z dzieci, oczywiście. Jedyne osoby, które tu były, to ja i służąca. Poznał ją pan wczoraj. To ona znalazła pana Denholme'a, kiedy weszła o szóstej rano, by rozpalić ogień. Poszła po mnie, a ja przyszedłem, żeby zobaczyć to na własne oczy. Nie żebym jej nie wierzył, po prostu wydawało mi się to niemożliwe... Ale, cóż. Jak tylko go zobaczyłem, wiedziałem, że bez wątpienia już nie żyje.

— Hmm... — Hardy zaczął rozglądać się po pokoju. Ewidentnie miało tu miejsce jakieś zajście. Drzwi do małej szafy w rogu były otwarte, tak samo jak drzwiczki od pustego sejfu, który znajdował się w środku. Szuflady zostały wyrwane z biurka – jedna nawet była złamana i zostawiona do góry nogami na podłodzie – a dokumenty leżały w nieładzie na dywaniku za biurkiem. Lampka biurkowa została przewrócona, a zielony klosz rozbity. Miniaturowe, zielone odłamki były rozrzucone po podłodze.

— Czy zeszłej nocy pan Denholme miał jakichś gości?

— Nikt nie wszedł drzwiami wejściowymi, proszę pana. Z tego, co wiem, nikt też nie zbliżał się do domu przez całą noc.

— Domyślam się, że przyszedł pan do gabinetu późnym wieczorem?

— Tak, zgadza się. Przyszedłem, żeby rozpalić ogień około dziesiątej wieczorem. Pytałem też, czy mam coś jeszcze zrobić. Pan Denholme był sam, proszę pana, i siedział przy biurku, czytając list.

Palenisko było już zgaszone i nadal czekało na sprzątnięcie i uporządkowanie. Popiół wysypał się na kominek i na dywanik.

— List, który napisał, czy list, który otrzymał?

— Który otrzymał, proszę pana. Duża, brązowa

koperta leżała obok jego łokcia. Rozpoznałem pieczątki i napis z przesyłki pocztowej, która przyszła wczoraj rano.

— Rozpoznał pan pismo?

— Nie, proszę pana. Jedyne, co pamiętam, to że było schludne i z zawijasami — Opisał parę liter w powietrzu. — Znaczek był z Londynu, ale nic więcej nie pamiętam.

Teraz nie było już nigdzie dużej, brązowej koperty. Hardy szybko poprzeglądał papiery leżące na ziemi i na biurku. Odnotował w pamięci, by sprawdzić też inne pokoje, jak tylko zdobędzie nakaz, chociaż, patrząc z powrotem na kominek, było to dosyć jasne, gdzie trafiła koperta.

— Rozumiem. Dziękuję, panie Roberts. Czy cokolwiek pan słyszał? Jakiś hałas, krzyki, kogoś wybiegającego z domu?

— Nie, proszę pana. Zupełnie nic.

Hardy przyglądał się mu z bliska.

— Naprawdę? Nic a nic? Nie słyszał pan, jak ktoś odbezpiecza broń, prawdopodobnie dubeltówkę?

Albert Roberts niespokojnie się poruszył i szybko spojrzał na swoje stopy, zanim spotkał się z wyzywającym wzrokiem Hardy'ego.

— Nie, proszę pana. Nic. Wszyscy byliśmy w łóżkach. To bardzo duży dom, a sypialnie personelu znajdują się na trzecim piętrze, na strychu, a na dodatek na przodzie domu, podczas gdy ten pokój znajduje się na tyle. Nic o tym nie wiedzieliśmy do dzisiejszego rana. Od razu zadzwoniłem po posterunkowego, kiedy zobaczyłem, że pan Denholme nie żyje.

Hardy skinął głową.

— Dobrze, dziękuję, panie Roberts, był pan bardzo pomocny. Byłem tam, kiedy pan zadzwonił, zatem mogę potwierdzić czas zgłoszenia zbrodni. Posterunkowy Forbes skontaktuje się ze wszystkimi, których będziemy potrzebować. Obawiam się, że wkrótce do domu przyjdzie sporo osób. Niewątpliwie, wśród nich będzie również posterunkowy.

— Tak, proszę pana. Kiedy wcześniej zadzwoniłem, powiedział, że poinformuje policję w Edynburgu. Podejrzewam też, że ambulanas zaraz tu będzie.

— Zgadza się. Jednak ciała pana Denholme'a nie można ruszać — Hardy mu przypomniał, w razie gdyby nie było to do końca jasne. — Nikt nie może dotykać, ani ruszać ciała. Do czasu, aż zostanie sfotografowane, a cały konieczny materiał dowodowy będzie zebrany. Poza tym, ciało będzie musiało być zbadane przez lekarza sądowego.

Pan Roberts zrobił się jeszcze bledszy, ale zwyczajnie skinał głową, nic nie mówiąc.

Na podłodze były ślady. Dochodziły do rogu zewnętrznego tarasu, zaraz za osłoną z kęp krzaków, która była widoczna na tyle domu z drogi do garażu. Ślady – nadal trochę zabłocone – tworzyły drogę. Najpierw w otwartych drzwiach z ogrodu, potem przez kawałek posadzki, po czym szybko pojawiły się na brzegu dywanu obok biurka. Kolejna para śladów wyraźnie widniała na podłodze niecałe trzy stopy od głowy nieboszczyka.

— Będę się starał o nakaz od oskarżyciela. Chciałbym spróbować znaleźć ten list, o którym pan wspomniał. Możliwe, że nasz intruz przyszedł tu tylko po to. Chociaż jest też możliwość, że pan Denholme go spalił. Niemniej jednak, oskarżyciel publiczny prawdopodobnie będzie musiał wezwać na pomoc pełnomocnika lub oskarżyciela z innego rejonu z racji, że on i zmarły byli dobrymi znajomymi. To jednak nie należy do moich obowiązków. Zasugerowałbym, by poinformować panie, by spodziewały się, że nieznajomy będzie się zajmował tym dochodzeniem. Ja i posterunkowy Forbes będziemy prawdopodobnie przeszukiwać dom i bliskie tereny, co, obawiam się, również może panie zmartwić.

— Oczywiście, proszę pana.

Hardy poszedł do drzwi prowadzących do holu. Pan Roberts szedł za nim. Hardy pozwolił mu iść jako pierwszy, po czym również wyszedł, zamknął drzwi i powiedział:

— Chcę, by te drzwi były zamknięte na klucz do momentu, aż pojawi się lokalna policja, lekarz sądowy i fotograf. Proszę się też upewnić, by nikt a nikt nie dotykał wewnętrznej lub zewnętrznej części drzwi od ogrodu, ani nie wchodził do domu od tamtej strony. Nic nie może być dotykane lub zabierane bez mojego upoważnienia lub upoważnienia oficera z lokalnej policji. Czy to jasne?

— Tak, proszę pana. Jak słońce. Sam tego dopilnuję.

— Dziękuję. A teraz, obawiam się, że będę musiał porozmawiać z panią Denholme.

Kamerdyner spojrzał na niego ze zmartwieniem.

— O co chodzi? — zapytał Hardy.

— Cóż, do pani Denholme wezwano lekarza. Była bardzo zmartwiona, jak może sobie pan wyobrazić. Podał jej środek nasenny.

Hardy westchnął.

— Tak, myślę, że to w pełni zrozumiałe. Dobrze, najpierw zatem porozmawiam ze służącą.

Dottie czuła, jakby coś ją dręczyło. Nie mogła do końca określić co, było to po prostu niejasne uczucie, które ją martwiło, jakby ktoś dawał jej kuksańca.

Spała całkiem dobrze, poza tym, że raz czy dwa usłyszała gdzieś w oddali odgłos koguta i zirytowane pomruki i jęki zza drzwi. Próbowała przeanalizować powody, dla których czuła się tak dziwnie, jednak nie dało się precyzyjnie określić rzeczy, która ją irytowała. Czuła, jakby widziała lub słyszała coś, na co należało zwrócić uwagę w jakiś sposób. Jej oczy wciąż spoglądały na drzwi łączące jej pokój z pokojem obok. Trzy razy sprawdzała, czy drzwi są z jej strony zamknięte na klucz.

Pokręciła głową i się poddała. Zawracała sobie głowę bez potrzeby. Skończyła pudrować swój świecący się nos i zadowolona, że udało jej się zakryć niedoskonałości, zeszła na dół na swoje pierwsze śniadanie w gospodzie.

Był tylko jeden stolik. Dottie z czułością wyobraziła sobie siebie siedzącą przy małym, wyściełanym na biało stoliku, świecącymi sztućcami podnosząc idealnie usmażone jajka i bekon do ust. Wyobrażała sobie uroczy i gorący dzbanek z herbatą oraz misterną filiżankę.

Rzeczywistość była zgoła inna. Małe pomieszczenie, które służyło gościom jako salon, jadalnia, a także pokój śniadaniowy miało jeden duży, dębowy stół, ciężki i ciemny, otoczony legionem ciężkich, drewnianych krzeseł. Na środku stołu znajdowała się mieszanina niepasujących do siebie noży, widelców oraz łyżek.

Reszta osób w pokoju obejmowała korpulentną, starszą kobietę oraz jeszcze grubszego, głośno sapiącego pekińczyka. Oboje szybko zmagali się ze śledziem na talerzu, brudząc przy tym powierzchnię stołu sokami ze śledzia oraz masłem, kiedy kobieta podawała swojemu pełnemu nadziei pupilowi jedzenie. Ten siedział na krześle obok swojej pani i ujadał, kiedy był gotowy na więcej.

Dottie nie mogła się powstrzymać od zmarszenia nosa z obrzydzenia, jednak szybko się uśmiechnęła, widząc, że kobieta spogląda w jej kierunku. To była ta kobieta, którą widziała przez okno zeszłej nocy. Niewątpliwie był to ostatni spacer z psem przed pójściem do łóżka.

— Dzień dobry — powiedziała Dottie, powstrzymując się od drżenia, kiedy pies z wysiłkiem lizał resztki jedzenia ze stołu.

Kobieta tylko burknęła w odpowiedzi. To mogło wystarczyć, by zniechęcić wszystkich innych, jednak Dottie była nieustępliwym gościem.

— Czy to nie wspaniałe widzieć, jak słońce dzisiaj świeci? Duża zmiana po pogodzie, jakiej ostatnio doświadczaliśmy.

Kobieta wpatrywała się w Dottie. Pies szczekał i szturchał ramię kobiety swoim nosem, zostawiając na jej rękawie szkaradną plamę. Dottie westchnęła, a jej włosy poruszyły się na czoło. Podczas gdy próbowała wymyślić inny komentarz, drzwi się otwarły, a do pomieszczenia weszła siwa kobieta ubrana w zużytą już podomkę i cisnęła talerzem solonych i wędzonych śledzi prosto przed Dottie.

— Och, ehm... — powiedziała Dottie ze zdziwieniem. W końcu, dodała trochę spóźnione: — Dziękuję.

Kobieta spiorunowała wzrokiem Dottie, po czym obróciła się na pięcie i wyszła.

— Matko — powiedziała Dottie i posłała kobiecie z psem żałosny uśmiech. Spojrzała na swój talerz. Śledzie pływały, metaforycznie, o ile nie dosłownie, w obfitej ilości tłuszczu, który szybko stygł i tężał. Jej żołądek nagle się skurczył w proteście. Przeszyła ją fala mdłości, kiedy odór ryb dotarł do jej nosa. Odsunęła talerz i obróciła się do kobiety.

— Podejrzewam, że nie będzie pani chciała

jeszcze trochę...

Nie kontynuowała. Talerz został szybko zabrany, pozbawiony swojej zawartości, po czym pusty talerz wrócił do Dottie, co było kwestią sekund.

— Nie mam nic przeciwko. Nie marnuj, a nie będziesz w potrzebie. Tak mi zawsze mówiono. Nie będziesz miała nic przeciwko, jeśli dam parę okruszków Pani Bovary, prawda?

Pies, śliniąc się, zaczął żywiołowo szczekać, usłyszawszy swoje imię. Rybi zapach z pyska psa przytłoczył Dottie. Zadrżała i się obróciła, po czym zacisnęła nos i usta swoją chustką. Udało jej się tylko odpowiedzieć stłumionym głosem:

— Jak najbardziej, jestem pewna, że wędzone śledzie są znakomite dla zdrowia psów. Przy okazji, podoba mi się jej imię.

— To była moja ulubiona książka, kiedy byłam młoda. Chociaż, rzecz jasna, moja matka uważała ją za zupełnie nieodpowiednią dla młodej damy. Ja jej jednak powiedziałam, że przecież żyjemy w nowoczesnym świecie, i że zdołam przeczytać ją w sekrecie, jeśli ta zabroni mojej guwernantce pożyczyć mi swojej kopii.

— Och, ehm... — rzuciła Dottie, nie potrafiąc wymyślić żadnej inteligentnej odpowiedzi. Zaoszczędzono jej jednak komentarza, ponieważ drzwi stanęły otworem, a do środka weszła gospodyni, by postawić na środku stołu, wśród rozmaitych sztućców, brązowy, porcelanowy dzbanek z herbatą, obok którego dołożyła dwie filiżanki.

— Herbata — powiedziała i obróciła się do wyjścia. Zanim to jednak zrobiła, odezwała się głośno starsza kobieta.

— Hej! Tylko minutka! Chciałabym dzbanek dobrej, mocnej kawy, jeśli można, I to samo dla tej pani. Płacimy tyle za to miejsce, że mogłybyśmy chociaż mieć jakiś wybór co do napojów. Na pewno nie mam ochoty na te pomyje, które nazywacie herbatą.

Gospodyni spojrzała na nią z odrazą, ale nic nie odpowiedziała. Z pewnością jednak trzasnęła drzwiami z większą siłą, niż było konieczne.

— Myśli pani, że przyniesie? — zapytała Dottie. — To znaczy, że przyniesie nam kawę?

— Och, tak. To nasz mały, codzienny rytuał. Codziennie przynosi dzbanek z herbatą, słabą jak pomyje, i codziennie jej mówię, żeby wzięła ode mnie to świństwo i przyniosła kawę. Nie daj się ogłupić jej gburowatym, nieuczynnym wyglądem. Ona jest naprawdę i szczerze gburowata i nieuczynna. Tak samo jak jej brat, który jest właścicielem „Dirka", kolejnego pubu po drugiej stronie ulicy. Ale na zdrowie tej kobiecie, bo jej mąż w ogóle jej nie pomaga z tym miejscem, więc ona musi robić wszystko. On cały dzień tylko gdera ze swoimi znajomymi i poleruje kufle do piwa. Cały dzień spędza za tym barem, nawet poza godzinami legalnej sprzedaży alkoholu. Jest też syn.

— Och, tak, Alex — powiedziała Dottie. — Poznałam go wczoraj wieczorem, uroczy chłopak.

— Podobny do ojca. Bumelant. Lata gdzieś przez cały dzień ze swoimi koleżkami, wplątuje się w tarapaty i tylko utrudnia życie swojej matce. Zarówno on, jak i jego ojciec mają wszelkie przydatne cechy aspidistra mojej babki.

Dottie była zafascynowana sposobem, w jaki wyrażała się ta kobieta. Wyciągnęła dłoń, w jakiś sposób pewna, że ta zgodzi się ją uścisnąć w bardzo nowoczesny sposób, jak mężczyzna. Miała rację. Kobieta chwyciła drobną dłoń Dottie w zimny i ciasny uścisk.

— Dottie Manderson — przedstawiła się Dottie.

— Dopiero co tutaj przyjechałam.

— Millicent Masters. Ja również.

— Millicent... Ta Millicent Masters? Od "Martwego Półmężczyzny"? Wielkie nieba, uwielbiałam tę książkę? I inne pani autorstwa również.

— A więc twoja matka pozwala ci je czytać, hmm? — zapytała przebiegle pani Masters.

— Ehm... cóż, nie —Dottie była zmuszona przyznać. — Czytam je potajemnie. Przynosi mi je moja służąca.

Panna Masters zaśmiała się ochoczo.

— Bezcenne! Cóż za pogańska rebelia!

W tym momencie pojawiła się kawa, a obok niej letnia, grudkowata owsianka.

Dottie zerknęła na owsiankę z niechęcią i zjadła łyżkę lub dwie, po czym odsunęła ją od siebie. Dodała do swojej kawy cukier, by zrekompensować brak kalorii w swoim posiłku.

— Więc, co panią tu przywiało, panno Dottie? Nie jest to do końca turystyczne miejsce. Ani nie najlepsze na złapanie odrobiny wczesnego słońca. Nie jest też wystarczająco malownicze na tajemny romans czy wystarczająco odległe na wypoczynek.

Dottie nie była pewna, ile powinna jej powiedzieć, dlatego zadowoliła się prostym:

— Jestem tu, by kogoś znaleźć.

— Och? Ależ enigmatyczna. Można zapytać kogo?

— Nie jestem do końca pewna. Muszę poczekać na informację. Ktoś skontaktuje się ze mną dziś popołudniu.

— Coraz bardziej intrygujące! Prawie jak powieść detektywistyczna — Panna Masters nagle przerwała, by uspokoić głośno szczekającą Panią Bovary ostatnim kawałeczkiem śledzia. Dottie musiała się odwrócić od tej makabrycznej sceny, w której pies ponownie wylizywał stół, marząc całą dębową powierzchnię rybnym masłem.

Dottie zastanawiała się, czy to czasem panna Masters nie była kontaktem, którego pan Bray kazał jej szukać. Dziwnie było znaleźć ją w tym osobliwym miejscu. Coś konkretnego musiało ją tutaj sprowadzić.

— Mogłabym panią zapytać o to samo, panno Masters. Nie jest to zgoła jeden z dekadenckich salonów literackich rodem z Paryża. Nie podejrzewałabym, że hotel ten zauroczyłby w jakiś sposób pisarkę. Trudno też pomyśleć, że miejsce to pobudza pracowitość, daje możliwości badawcze, dostarcza materiał do książki, a lokalizacja nie szczyci się niesamowitym pięknem przyrody stworzonym do inspiracji.

— Ach — odparła panna Masters z surowym wzrokiem. — Bardzo bystre — Z hałasem odłożyła swoją filiżankę na spodek. — Tak między nami, jestem tu, by mieć na kogoś oko. Nawet autorki mogą być żonami i matkami, rozumiesz. A teraz, jeśli panienka pozwoli, czas na ćwiczenia pani Bovary. Życzę miłego dnia, jak to mówią nasi amerykańscy kuzyni.

Dottie przeglądała guziki, które były na promocji w sklepie krawieckim znajdującym się w wiosce. Kobieta za ladą, znudzona swoim własnym towarzystwem, była mile zaskoczona, kiedy dowiedziała się, że do jej sklepu weszła dama z Londynu, i była bardzo chętna, by wejść z nią w rozmowę.

W ciągu zaledwie dwóch minut odkryła, że, a) Dottie zatrzymała się w „Occie", b) że zostanie w okolicy przez parę dni, c) że nie znała nikogo w sąsiedztwie, d) że była zapaloną dziewiarką, e) że potrzebowała małych guzików do skończenia kaftanika dla dziecka jej starszej siostry, którego spodziewała się latem, f) że nie była zamężna, ani nie była w związku – chociaż sprzedawczyni powiedziała do siebie, a przynajmniej miała taki wyraz twarzy, że gdzieś na horyzoncie był na pewno jakiś młodzieniec, była tego pewna – i w końcu, g) że młoda dama była gotowa zapłacić porządną ilość pieniędzy w zamian za dobrej jakości lokalne plotki.

W zamian, Dottie dowiedziała się, że sklep krawiecki został zapisany jako prezent od poprzedniego właściciela dla niegdysiejszego burmistrza, który uratował syna poprzedniego właściciela przed pędzącym koniem. Poza „Dirkiem", cała reszta wioski była własnością właściciela ziemskiego, którym powszechnie gardzono.

Wzmianka o właścicielu ziemskim doprowadziła do przydługiej dyskusji na temat szokującego morderstwa, które miało miejsce zeszłej nocy.

— Martwy jak zimny trup, w swoim własnym gabinecie — powiedziała z przyjemnością właścicielka sklepu i kontynuowała, opisując parę innych detali, które może były prawdziwe, a może nie.

Dottie odkryła, że właściciel ziemski to niedawny przybysz z talentem do znajdowania wad we wszystkim i we wszystkich. Ożenił się z „drobną biedulką", która zawsze wyglądała, jakby miała się zaraz rozpłakać. Najwyraźniej, powszechnie rozumiano, że kobieta musiała stanąć pomiędzy sposobami swojego męża na tyranizowanie a swoimi dwoma synkami.

— Cały czas ją praktycznie trzymał pod kluczem. Powszechnie było też wiadomo, że posiadali oni każdego sprzedawcę w okolicy. Nie żyli jakoś superbogato. Żadnych przyjęć, żadnych wypadów. Żadnych wizyt, herbatek z lokalnymi ważniakami. Dlatego też nie mam pojęcia, na co on wydawał te swoje pieniądze. Wprawdzie, grał w golfa. Wychodził też na polowania czy na ryby. Ona była w domu, opiekowała się dziećmi, układała kwiaty i dosłownie nigdy nie miała nikogo, z kim mogłaby wypić herbatę, czy cokolwiek. Tylko Nasz Dobry Stwórca wie, ile czasu minęło od momentu, kiedy ostatni raz jej własna matka pojawiła się w drzwiach. Była u nich tylko w pierwsze Święta, potem była potężna awantura i nigdy więcej jej nie zaproszono. Nie pozwalano jej nawet do niej pisać.

— Podejrzewam, że jakoś sobie poradziła. Wiem, że ja bym dała radę — powiedziała Dottie.

Sprzedawczyni pokiwała głową mądrze.

— A jakże, panienka i ja, tak. Ale nie wydaje mi się, żeby młoda pani Denholme miała odwagę. Cóż, dziś rano, kiedy odkryto ciało jej męża, musieli zadzwonić po lekarza, by do niej przyszedł i dał jej coś na sen. Lekarz był przed moim domem o szóstej rano, wracał z jej domu i rozmawiał o tym z duchownym. Z czasem jednak dojdzie do siebie, a teraz przynajmniej uwolni się od jego okrucieństwa, a jej najstarszy syn z pewnością stanie się właścicielem ziemskim za ojca, kiedy dorośnie, i niewątpliwie zrobi lepszą robotę niż on, jestem przekonana.

— Matko, co za okropna sytuacja. Stracić męża w tak okrutny sposób — Dottie odsunęła zestaw maleńkich, perłowych guzików i wzięła kolejny, bardzo podobny zestaw. — Chociaż, w zasadzie, czasami naprawdę ciężko jest zadowolić mężów, przynajmniej tak mówi moja siostra.

— A jakże, oczywiście, z niektórymi jest gorzej niż z innymi.

Dottie się zgodziła.

Zmieniając temat, kobieta zaczęła opowiadać Dottie o sporze między członkami rodziny McHugh'ów. Ten „drugi" pub, „Dirk", został zapisany bratu żony oberżysty.

— Wyszedł z domu w wieku piętnastu lat i powiedział im wszystkim, żeby szli do diabła, a to wszystko przed duchownym. To było trzydzieści lat temu. Nigdy już o nim nic nie słyszano, aż do roku temu, kiedy zmarł ojciec, chociaż podobno cały czas spędził w Glasgow.

Dottie sięgnęła po parę szpulek nici, by zastanowić się nad kolorem dla kaftanika. Sprzedawczyni kontynuowała.

— A potem była córka, spędziła całe lata, niańcząc swoich rodziców aż do grobu. Potem się dowiedziała, że „Dirk" został zapisany temu bratu, wprost spod jej nosa, a było to przecież miejsce, w którym mieszkała całe swoje życie, aż do tamtego czasu.

— Szokujące — powiedziała Dottie.

— Nic dziwnego, że razem z mężem przejęli gospodę „Ocet", kiedy stary właściciel przeszedł na emeryturę. Teraz prowadzą ją, rywalizując z jej bratem, a ludzie z wioski spędzają połowę swojego czasu w jednej, a połowę w drugiej, żeby panował spokój.

— Rzeczywiście, nic dziwnego — zgodziła się Dottie.

— A ten McHugh to kolejny ohydny tyran. Ciągle bije tę swoją nową, młodą żonę i przezywa ją okropnymi, podłymi pseudonimami. Kolejna biedna kobitka. Chociaż wszyscy wiedzą, że ona znowu kręci z tym młodym szubrawcem, a jakże, a to też się źle skończy. Może się na oko wydawać łatwy, ale tak naprawdę, to bez przerwy wplątuje się w jakieś tarapaty. A jakże, ja jestem szczęśliwsza jako stara panna — Jednak jej westchnienie wskazywało na coś innego.

Dottie zapłaciła za swoje zakupy i wyszła po paru kolejnych minutach rozmowy, tym razem tylko o pogodzie.

Zawsze ją to intrygowało, że wszędzie – w wielkich, anonimowych miastach, jak i w maleńkich wiejskich osadach i wioskach – czaiły się te same charaktery, ambicje, nadzieje i urazy. Najwyraźniej, ludzie są wszędzie tacy sami, gdziekolwiek się ich nie spotka.

Było późne popołudnie, a Hardy był teraz z oskarżycielem publicznym. Można było sprawiedliwie powiedzieć, że nie spotkali się twarzą w twarz. Oskarżyciel wykorzystał swoje wyższe stanowisko, by pokazać inspektorowi, gdzie jest jego miejsce. Polecił mu, by usunął się z dochodzenia. Hardy czuł, że musiał spróbować raz jeszcze postawić na swoim.

— Z całym szacunkiem, proszę pana, ale naukowe dowody z miejsca zbrodni nie potwierdzają pańskiego podejrzenia, jakoby zbrodnia miała być popełniona przez intruza z zewnątrz. Jest to wspólne życzenie w małej społeczności, jednak zupełnie fałszywe. Jestem pewien, że powinniśmy zacząć szukać bliżej domu.

Oskarżyciel był równie zdeterminowany, by udowodnić swój punkt widzenia.

— Ależ oczywiście, że dowody popierają moje podejrzenia! Ślady ciągną się z ogrodu, użycie broni, groźby, kradzieże, wandalizm. Wszystko to wskazuje na jedną osobę z sąsiedztwa, która ma do pana Denholme'a urazę, która na swoim koncie i nazwisku ma szereg skazań, która została wypuszczona z więzienia parę dni przed zbrodnią, oraz która wcześniej była skazywana za kłusownictwo z terenu zamordowanego mężczyzny. Mężczyzna ten był też widziany w okolicy godzinę przed strzałami. Proponuję, by wrócił pan do Londynu, inspektorze, pańska asysta nie jest już wymagana. W każdym razie, nie jest pan w obrębie swojego zwierzchnictwa. Nie chcę już więcej słyszeć, że angażuje się pan w sprawy, które pana nie dotyczą. Policja edynburska dorównuje Scotland Yardowi, garantuję panu.

— Oczywiście, proszę pana. Ale co z ubłoconymi butami w garderobie ofiary? Na jednym z nich była świeża warstwa błota, a na drugim błoto utknęło w podeszwie. Były to te same buty, których ślady znajdowały się na podłodze gabinetu. W jaki sposób nieboszczykowi udało się pobrudzić swoje buty świeżym błotem? Żaden z pracowników, których przesłuchałem, nikogo nie widział, tym bardziej tego mężczyzny, o którym pan wspomniał, w okolicy przez cały wieczór. A właściwie, cały dzień. I co z tym zaginionym listem?

— Nazywa mnie pan kłamcą, inspektorze? — zapytał oskarżyciel przez zaciśnięte zęby. — Pokój mężczyzny został splądrowany, sejf został otwarty, a jego zawartość zniknęła, szuflady zostały wyrwane i złamane, a ich zawartość wysypana na podłogę. I dlaczego nie można sobie tak po prostu spalić listu w swoim gabinecie, jeśli ma się na to ochotę? Kto ma prawo w ogóle powiedzieć, że to jest w jakiś sposób złowieszcze? Czy pan mnie ma za idiotę, inspektorze?

Hardy trzymał swój temperament na wodzy, zdziwiony złością i defensywą mężczyzny, nie wspominając już, jak szczegółowe były jego informacje.

— Nie, proszę pana, oczywiście, że nie. Po prostu czuję...

— Cóż, może sobie pan wziąć swoje uczucia i

spadać do Londynu. Zajmujemy się tutaj faktami i dowodami, chłopaczku, nie uczuciami. I pozwól, że ci przypomnę, Hardy, nakaz, który przyznałem, był skierowany do lokalnych służb porządkowych, nie dla osób postronnych jako wymówka, by zacząć szperać i martwić niewinnych ludzi. Jest pan zwolniony z dochodzenia, inspektorze, i kropka. A teraz, jeśli pan pozwoli, mam sprawy do załatwienia, włączając w to wizytę, by złożyć kondolencje biednej i drobniutkiej pani Denholme.

Hardy nie miał innego wyjścia i opuścił pomieszczenie. Wiedział, że oskarżyciel miał rację, jeśli chodzi o nakaz, chociaż tak naprawdę to nie Hardy prowadził rewizję, ale posterunkowy Forbes razem z niepełnoetatowym posterunkowym, którego zwerbował z Dunbaru. Będąc jedynym starszym oficerem w tamtym momencie, Hardy wziął na siebie winę z racji, że rzeczywiście był poza swoją jurysdykcją. Jednak technicznie rzecz biorąc, rewizja była przeprowadzona przez lokalnych oficerów, ale on powinien był zaczekać na inspektora z Edynburga. Chociaż żaden oficer nie był wolny następnego ranka ze względu na dużą ilość pracy. Hardy czuł, że zrobił wszystko, co mógł zrobić, ale oskarżyciel widział to inaczej.

Nie będąc pewnym, co powinien zrobić, Hardy z powrotem pojechał na komendę posterunkowego Forbes'a. Posterunkowy był, jak zawsze, w środku i popijał herbatę. Ostrożnie, Hardy złożył sprawozdanie z rezultatu jego rozmowy z oskarżycielem. Próbował obiektywnie streścić wszystkie kwestie, nie wiedząc w pełni, komu posłuszny będzie posterunkowy.

— Zostaw to, chłopie — powiedział Forbes, podając mu herbatę. — Ten oskarżyciel to dureń, jeśli mam być szczery. Ale przecież, czego innego by się po nim spodziewać? Jest w fachu dopiero od roku. Awansowali go z jakiejś firmy prawnej z Edynburga.

— Ofiara była ewidentnie jego bliskim znajomym. Wbrew temu, co mówi oskarżyciel, jestem pewien, że byli dla siebie kimś znacznie więcej niż okazjonalnymi partnerami w golfie. Wiedział, że pani Denholme jest drobnej postury kobietą z nerwowym usposobieniem. Opisał ją jako „biedna i drobniutka pani Denholme". Czuję, że on zna tę kobietę osobiście.

— A jakże, kolego. Nie tylko ofiara była jego dobrym znajomym. Oskarżyciel chodził do szkoły z bratem pani Denholme. Zna całą rodzinę już od lat.

— Dlaczego więc tak chętnie aresztowałby tego miejscowego przestępcę za postrzelenie, nie mając prawie w ogóle dowodów? Wydawało mi się, że będzie się domagał dokładnego dochodzenia i, bez względu na wszystko, prawdy, o ile pani Denholme i jej rodzina to rzeczywiście jego przyjaciele.

— A jakże, tak by się wydawało. Chociaż tamten Hardy już od jakiegoś czasu był dla oskarżyciela solą w oku.

Ponownie to imię. Denerwowało go to i rozstrajało, a jednocześnie miał wrażenie, że to absurdalne. Tylko dlatego, że jakiś koleś miał to samo nazwisko co on... Raz jeszcze przypomniał sobie, że nie było to jedno z rzadkich nazwisk. To nic nie znaczyło.

Po drugiej filiżance herbaty, Hardy poszedł jeszcze raz porozmawiać z kamerdynerem pani Denholme. Kamerdyner potwierdził to, co powiedział wcześniej Hardy'emu. Nie widział nikogo w domu lub wokół domu przez cały wiczór, zanim doszło do morderstwa.

— Ani w ciągu dnia — powiedział Roberts. — Wczoraj i przedwczoraj było bardzo cicho. Jest pan jedynym gościem, jakiego widzieliśmy od prawie tygodnia.

Żeby podwójnie się upewnić, ponownie porozmawiał z panią Roberts i młodą służącą, ale one również powtórzyły to samo. Były stanowcze. Uwierzył im, a jednak było w tym wszystkim coś dziwnego, coś, czego nie potrafił określić. Wiedziały coś, co mogłoby mu pomóc, był tego pewny. Ale jak miał się dowiedzieć, co to było?

Poprosił o zobaczenie się z panią Denholme. Po części spodziewał się, że kobieta przypomni mu o tym, jak jej przyjaciel oskarżyciel stwierdził, że Hardy nie zajmuje się już tym dochodzeniem, ona jednak niczego takiego nie powiedziała. Stała w drzwiach, blada i zestresowana, ściskając kurczowo swoje dłonie, i zapytała, czy Hardy nie chciałby herbaty. Delikatnie i uprzejmie powiedział, że chętnie się napije. Zadzwoniła dzwonkiem i poprosiła służącą o herbatę, po czym zajęła miejsce. Jej dłoń trochę się trzęsła, kiedy wygładzała swoją spódnicę. Hardy się zastanawiał, czy to mąż sprawił, że się tak zdenerwowała, czy może miała wyrzuty sumienia.

Zapytał ją, jak się czuje, i wyraził swoje kondolencje. Przyjęła je z niewielkim pochyleniem głowy i przyznała, że czuje się już odrobinę lepiej.

— To szok, rozumie pan.

— Oczywiście, pani Denholme. Nawet sobie nie wyobrażam, co pani teraz musi przechodzić. I, oczywiście, pani synowie.

Kiedy miał już zadać pytanie, akurat dotarła herbata. Powstrzymał się do momentu, aż kobieta skończy rytuał serwowania herbaty, po czym zaczął:

— Pani Denholme, mogę zapytać, czy w nocy słyszała pani coś nadzwyczajnego?

— Ma pan na myśli strzały?

— Cokolwiek.

Wydawała się myśleć, jednak William miał wątpliwości odnośnie jej szczerości. Zmarszczyła brwi i szybko pokręciła głową.

— Niee, przepraszam, nic nie pamiętam... Ale, oczywiście, wzięłam tabletkę nasenną. Zwyklę tak robię, ponieważ nie śpię zbyt dobrze.

— Rozumiem. O której godzinie poszła pani do łóżka?

— Około dziesiątej wieczorem.

— I tabletkę nasenną wzięła pani od razu czy później, kiedy zorientowała się pani, że nie może pani zasnąć?

— Och, od razu. One bardzo szybko działają. Prawdopodobnie po jakichś pięciu minutach już spałam.

Osobiście, Hardy uważał, że tabletki nie były do końca bezpieczne, kiedy bierze się je regularnie, a na dodatek są bardzo silne, jednak z zewnątrz zwyczajnie się uśmiechnął i skinął głową.

— Oczywiście. Dziękuję. A rano przyszedł lekarz i podał pani coś na szok, jeśli dobrze zrozumiałem?

Uśmiechnęła się, wyglądając na całkiem zrelaksowaną, kiedy powiedziała:

— Och, tak, to prawda, inspektorze.

— A o której godzinie to było?

Jej uśmiech znikł. Wydawało mu się, że kobieta próbowała zdecydować, jaki czas będzie odpowiedni.

— Wydaje mi się, że to było około siódmej rano — powiedziała.

— I jak długo była pani przebudzona?

— Nie za długo. Może około dwadzieścia minut. Zbudził mnie hałas na dole.

Ponownie skinął głową, myśląc, że brzmiało to dosyć naciąganie, jeśli chodzi o czas.

— Odkrycie ciała pani męża? Podejrzewam, że służąca krzyknęła?

— Ehm... Cóż, nie do końca to wiem. Możliwe, że krzyknęła. Wiem tylko, że coś mnie obudziło.

— Czy w ostatnich tygodniach widziała pani kogoś kręcącego się w pobliżu?

Pokręciła głową.

— A czy pani mąż otrzymał jakieś groźby lub miał jakieś konflikty w ostatnim czasie?

Ponownie pokręciła głową, dodając:

— Obawiam się, że wiem bardzo niewiele na temat ustaleń biznesowych mojego męża.

— Rozumiem, dziękuję.

Chwycił swoją filiżankę i wypił trochę herbaty. Przez parę minut rozmawiali o psach, dzieciach oraz o problemach w znalezieniu dla nich odpowiedniej szkoły. Po dziesięciu minutach Hardy się z nią pożegnał, dziękując szczerze za herbatę.

Ona się uspokoiła i ewidentnie poczuła ulgę, że rozmowa dobiegła końca.

To wszystko nie ma sensu – pomyślał Hardy, kiedy wrócił do wioski. Czy to możliwe, że w jakiś sposób wszystko się pomieszało zaraz po tym, jak poszedł zobaczyć się z panem Denholmem? Czy nie mógł dogadać się z oskarżycielem przez podobieństwo jego nazwiska do nazwiska miejscowego przestępcy?

Będąc już w wiosce, zaczął ponownie o to pytać. Poszedł do „Octu" i pytał, czy ktokolwiek widział „drugiego" Williama Hardy'ego lub wiedział, gdzie można go znaleźć. Nikt nie był w stanie odpowiedzieć mu na to pytanie. Poszedł do sklepu wielobranżowego, na plebanię, do sklepu krawieckiego, a nawet – ryzykując swoim zdrowiem – do „Dirka", i zapytał, czy ktokolwiek widział miejscowego Williama Hardy'ego w okolicy domu właściciela ziemskiego o jakiejkolwiek porze w nocy, kiedy został zamordowany, lub właściwie gdziekolwiek w pobliżu. Nikt go nie widział. Ewidentnie oskarżyciel nie miał racji. Kim byli ci świadkowie, którzy uważali, że widzieli mężczyznę?

Postanowił z powrotem iść do baru w gospodzie i napić się trochę herbaty. Miał wrażenie, że bez przerwy znajdował się na tym samym obszarze wiedzy, i tym samym nie był w stanie niczego się dowiedzieć. Musiał to przemyśleć. Gdyby tylko był z nim sierżant Maple. Zawsze dobrze było przedyskutować z kimś swoje pomysły, a Hardy tęsknił za dobrym zmysłem Maple'a i jego jeszcze lepszym poczuciem humoru.

Kiedy przechodził przez ulicę, usłyszał kogoś wołającego:

— Inspektorze!

Obróciwszy się, Hardy zdał sobie sprawę, że patrzy w lustro. Albo tak mu się na początku wydawało. Potem zorientował się, że to inna osoba z jego wyglądem. Oniemiał. Mężczyzna zaśmiał się z jego zdziwienia, po czym, wyciągając do niego dłoń, powiedział:

— Słyszałem, że pytał pan o mnie. Pozwoli pan, że się przedstawię. Jestem William Hardy.

William Hardy, który przybył z Londynu, nie miał nic do powiedzenia. Nadal się na niego patrzył, nie ściskając dłoni mężczyzny. Ten opuścił w końcu dłoń, urażony, i rzucił:

— Chciałem powiedzieć, że słyszałem, że korzysta pan z mojego imienia, ale teraz, jak tak stoi pan przede mną, widzę, że nie tylko używa pan mojego nazwiska, ale również mojej twarzy. Ale, generalnie, ja chyba trochę bardziej dbam o swoją.

Mężczyźni wpatrywali się w siebie. William nadal nie wiedział co powiedzieć. Czuł się tak, jakby ktoś kopnął go w kiszki. Nie było sensu w szukaniu logicznego wytłumaczenia – dowody same mówiły za siebie. To nie był zwyczajny zbieg okoliczności. On miał brata. Starszego brata. Takiego z jego twarzą, posturą, a nawet – jakim cudem? – z jego imieniem. Nadal się na niego gapił.

Drugi mężczyzna robił to samo, a jego agresja wręcz z niego wyciekała. William Hardy z Lower Bar pokręcił głową.

— Nie rozumiem...

— Niestety, ale ja chyba rozumiem to aż za dobrze — powiedział William Hardy z Londynu. Furia zaczęła wypełniać całe jego istnienie. Obróciwszy się nagle, odmaszerował w kierunku „Octu".

Walcząc z pragnieniem, by uderzyć coś lub kogoś, skierował się po schodach na górę, do swojego pokoju. Obleje swoją twarz zimną wodą – ostrożnie – a potem usiądzie na chwilę w swoim pokoju. To da mu szansę na uspokojenie i racjonalne myślenie.

Skręcając u szczytu schodów, w słabo oświetlonym holu, wpadł prosto na nią. Zderzyli się i odskoczyli od siebie ze zdziwienia, po czym oboje zaczęli przepraszać.

— William! — powiedziała Dottie, zdumiona, podczas gdy on w tym samym momencie powiedział trochę mniej uprzejmie:

— Co do cholery!

Zamilkł. Ogarnęła go radość na jej widok. Uśmiechnął się, po czym, obejmując ją w przygniatającym uścisku, wypowiedział po cichu jej imię, wtulając się w pukle jej włosów. Po chwili między nimi wyzwoliły się dobre maniery, przypominając im, że są przecież w publicznym, jednakże cichym miejscu. Oboje zrobili krok do tyłu. Dottie poklepała się po włosach, a William wsadził swoje dłonie do kieszeni.

— Co do licha stało się twojej twarzy? Miałeś

jakąś awanturę? — zapytała Dottie, zbliżając się do niego, by obejrzeć jego prawe oko i kość policzkową. Nos, nadal czerwony, był teraz szczęśliwie prawie tego samego rozmiaru co wcześniej. Zdał sobie sprawę, że dziś jeszcze nikt go nie uderzył, chociaż miał przeczucie, że było tego blisko więcej niż raz.

— To? Ach, tak, coś w tym stylu. Wygląda tak okropnie?

Cholera – pomyślal – *zupełnie zapomniałem o podbitym oku. I o siniaku.* Było mu wstyd. Był przytłoczony wydarzeniami ostanich dwóch dni. Chciał z nią być, jednak miał nieodpartą ochotę, by na parę minut uciec. Zawahał się.

— Jest fioletowe i dosyć widoczne. Boli? — Wyglądała na zmartwioną.

— Tylko trochę — Nie mógł się powstrzymać od delikatnie opryskliwego komentarza.

— O matko, przepraszam. Porozmawiajmy o czymś innym. Ehm... kiedy przyjechałeś?

— Przedwczoraj — powiedział. — A ty?

— Wczoraj.

— Szkoda że nie wiedziałem, że tu będziesz...

— Pan Bray poprosił, żebym nikomu nie mówiła, że tu przyjeżdżam —Przygryzła wargę, dodając: — Przepraszam. Czułam, że nie mogę go nie posłuchać, był dla mnie taki miły. Nie śmiałabym go zawieść — Przez chwilę myślała, po czym mówiła dalej. — Powiedziano mi, że mam tu się z kimś spotkać, a ta osoba ma mi powiedzieć, jak mam wypełnić swoje zadanie. Ale nikt się nie pojawił. Ten ktoś miał się pojawić dziś popołudniu. Ale... Co robiłeś wtedy w gabinecie pana Braya? Czy to ty jesteś moim kontaktem?

Mógł tylko skinąć głową. Wszystkie informacje zaczęły się zazębiać. Stary Bray wysłał go tu i chciał, żeby spotkał jego... Nie potrafił nazwać go swoim bratem. Nigdy by go tak nie nazwał.

— Przepraszam, że ci nie powiedziałam. Chociaż ty też nic nie powiedziałeś, więc... — mówiła Dottie.

Skrzywił twarz w przeprosinach.

— Nie. Pan Bray też powiedział mi, żebym nic...

— Ach.

To absurd – pomyślała Dottie. Stali tak w holu gospody i żaden z nich nie był w stanie wymyślić niczego mądrego do powiedzenia. Kiedy Dottie się głowiła, Hardy powiedział nagle:

— Jadłaś już kolację?

— Och, nie, jeszcze nie.

— Wiem, że jest dosyć wcześnie, ale chciałabyś zjeść ze mną kolację? Oczywiście, jeśli...

— Byłoby wspaniale, William, bardzo bym chciała — Spróbowała się uśmiechnąć. Uśmiech ten wydawał się na jej twarzy drętwy i niezręczny. Co do licha się z nią działo? Zazwyczaj nie kończyła gawędzić, co pomagało jej rozluźnić każdą sytuację. Teraz jednak rozmawiała z nim, jakby byli wirtualnymi nieznajomymi, grzebiąc się z najgorszymi banałami.

Przez moment się zawahał, po czym powiedział:

— Za pół godziny? Muszę się szybko wykąpać i przebrać . Jest jedno miejsce w Dunbar, gdzie robią dobre jedzenie.

— Jak my tam...?

— Ach, wynająłem samochód.

— Oczywiście — Skinęła głową. Jej umiejętności społeczne w końcu zupełnie ją zawiodły, kiedy zwyczajnie się obróciła i odeszła do swojego pokoju bez słowa, podczas gdy wewnątrz strofowała się za bycie idiotką.

Zamknęła drzwi od swojego pokoju z niezwykłym poczuciem ulgi i oparła się o nie z zamkniętymi oczyma. Chłodna bryza z pobliskiego okna delikatnie wachlowała jej gorącą twarz, pomagając jej się pozbierać.

Usłyszała dźwięk klucza przekręcającego się w zamku. Był to dźwięk tak bliski, że już myślała, że wszedł do jej pokoju. Drzwi się zamknęły, a ona zdała sobie sprawę, że to był on – to on mieszkał w pokoju obok. Usłyszała skrzypnięcie sprężyn od łóżka, a następnie dwa delikatne uderzenia, kiedy rzucał swoje buty na dywan. Słyszała, jak odchrząkuje w swój charakterystyczny sposób, przynajmniej tak jej się wydawało.

Teraz wydawało się to oczywiste. Zdała sobie sprawę, że wcześniej musiała usłyszeć go robiącego dokładnie to samo, rano, o wczesnych godzinach, i podświadomie rozpoznała ten dźwięk, znała jego głos. Dlatego czuła się taka nawiedzona, tak poirytowana. Och, to było zbyt blisko.

Pospieszyła do okna. Po chwili obróciła się i spojrzała na łączące ich drzwi. *Co by zrobił –* zastanawiała się – *gdybym teraz otworzyła drzwi i weszła do jego pokoju?* Uśmiechnęła się do siebie żałośnie. Dokładnie wiedziała, co by się stało. Przez pełną minutę debatowała ze sobą na temat tego, czy rzeczywiście miała odwagę, by zrobić to, co chciała zrobić. Potem jednak pomyślała o swojej matce i ojcu, o swojej siostrze i wszystkich przyjaciołach, oraz rodzinie, i uświadomiła sobie, że nigdy, przenigdy nie ryzykowałaby postawienia siebie w takiej pozycji, która sprawiłaby, że wspomnienie jej imienia wywołałoby skandal.

Usłyszała, jak idzie wzdłuż korytarza i stwierdziła, że poszedł się wykąpać. Z czystej ciekawości, sprawdziła drzwi łączące. Były zamknięte na klucz z jej strony. Z rozkosznym uczuciem robienia czegoś niegrzecznego, otworzyła swoją stronę i zobaczyła kolejne drzwi, zaraz za tymi pierwszymi, tak jak się jej wydawało. Spróbowała otworzyć kolejne drzwi. Udało się.

To ją dosyć zdziwiło. Weszła do jego pustego pokoju i powoli posuwała się do przodu. Jego walizka – która z pewnością miała swoje lepsze dni – była otwarta i leżała na komodzie. Przeszukała ją. Na samej górze była duża, brązowa koperta. Rozpoznała na jej przodzie pismo pana Braya. Nie była zapieczętowana. Szybko zerknęła do środka. Pierwsza rzecz, którą ujrzała, to duża liczba banknotów. Jej ciekawość się nasiliła. Była też kolejna, mała koperta i parę innych papierów, rezerwacji i innych szczegółów dotyczących podróży. Wszystko to było bardzo interesujące.

Co tu robił William? Czy naprawdę przyjechał tutaj, by wyjawić Dottie połowę sekretu, czyli lokalizację syna pani Carmichael?

W walizce były też dwie koszule, jedna z nich była nowa, a druga trochę wytarta na mankietach i końcówkach kołnierzyka. Znalazła też ciepły sweter, własnoręcznie dziergany, rzecz jasna. Chwyciła go i przyciągnęła do swojej twarzy, po czym wciągnęła jego zapach, ale, niestety, pachniał on jedynie praniem. Widziała też kilka par skarpetek, a po obejrzeniu ich okazało się, że każda z nich miała dziurę albo w palcu, albo w pięcie. Bieliznę, która była ponuro szara od częstego prania, szybko od siebie odsunęła z twarzą piekącą z zawstydzenia. Znalazła również krawat w kolorach jego dawnej szkoły. Były też dwie chusteczki, jedna z jego inicjałami na rogu, z dobrej jakości materiału, ale znowu – były to już bardzo wiekowe chustki, wystrzępione w rogach. Pochodziły z wcześniejszych, zamożniejszych czasów. Zamknęła klapę walizki i przeczytała zdrapaną już trochę etykietę:

„Panicz William Hardy,
Szkoła Repton,
Etwall,
Derbyshire."

Zadziwiające było dla niej to, że miał tę walizkę już tak długo, prawdopodobnie piętnaście, może nawet dwadzieścia lat. Jej serce chciało płakać za tego małego chłopca, którego wysłano do szkoły z internatem w tak młodym wieku, tak jak większość chłopców ich klasy. Była bardzo wdzięczna za to, że razem z Florą były uczennicami mieszkającymi poza internatem przez cały okres swojej edukacji. Ani razu nie pragnęła zostać w szkole. Mimo jej młodego wieku, nawet wtedy wiedziała, że miała szczęście, mogąc wrócić do domu do swojej rodziny każdego wieczoru.

Jego portfel leżał na łóżku obok zwykłego, metalowego grzebienia, małego scyzoryka z rączka wykonaną z masy perłowej, kolejnej złożonej chustki oraz zegarka. Uderzyło ją to, że nigdy nie widziała go z zegarkiem na nadgarstku. Trzymał go w kieszeni? Czy po prostu to ona była tak mało spostrzegawcza? Nie miała pewności. Był to zwyczajny zegarek z tradycyjną, ładną tarczą i giętkim, skórzanym paskiem. Spód paska był wytarty i gładki, prawdopodobnie od leżenia na jego skórze od wielu lat.

Poza tymi rzeczami, oraz jego płaszczem wiszącym na tylnej stronie drzwi, to było wszystko, co miał ze sobą. Nie miał piżamy? Ponownie przeszukała walizkę, tym razem przetrzepując również jego bieliznę – z pewnością błagającą o wymianę – i nawet zajrzała pod poduszkę, ale nic nie znalazła. *Więc, co on do licha nosił do spania –*

zastanawiała się. Dotarła do niej bardzo oczywista odpowiedź, po czym jej twarz zarumieniła się z zawstydzenia. Dottie musiała poważnie rozważyć się ze swoją wyobraźnią, która już zaczęła dostarczać jej wizualizacje. Pokręciła głową. Była tak samo zła jak mężczyźni – wygląda na to, że jej umysł był jednotorowy!

Teraz poczuła na sobie brzemię czasu. Jak długo była w jego pokoju – pięć minut czy dwadzieścia? Nie była pewna, ale dla bezpieczeństwa pospieszyła z powrotem do drzwi łączących i dokładnie je za sobą zamknęła, przekręcając klucz w zamku po swojej stronie.

Usiadła przed lustrem, tupnęła na widok swojej zarumienionej twarzy i skruszonej miny, i sięgnęła po swoje kosmetyki, mając nadzieję, że do czasu, kiedy wyjdą z hotelu, pozbędzie się tego dzikiego, badawczego spojrzenia ze swojej twarzy.

Po kilku minutach Hardy wrócił wykąpany i ogolony. Czuł się spokojniejszy, ale nadal targały nim emocje. Nie mógł wybić sobie z głowy tej twarzy. Z pewnością będzie musiał przeprowadzić dłuższą rozmowę z drugim Williamem Hardym, jednak nie chciał mieć nic wspólnego z tym mężczyzną. Dla niego koleś ten mógł upiec się w piekle.

Jak tylko wszedł do swojego pokoju z łazienki, był świadomy obecnego w nim zapachu. Dottie tu była. Przez chwilę zastanawiał się, jak tu weszła, po czym zauważył łączące drzwi i pomyślał z uśmiechem – *Oczywiście*. Mnóstwo pomysłów ogarnęło jego umysł.

Rzuciwszy na krzesło swoją torebkę z kosmetykami do mycia oraz ręcznik, podszedł do drzwi i wyjątkowo ostrożnie uchylił swoją stronę. Potem się wychylił, by zajrzeć na jej stronę i sprawdzić, czy drzwi są zamknięte, nadal nie wydawając ani jednego dźwięku. Usłyszał dźwięk otwierających i zamykających się drzwi do jej korytarza, po czym nastąpił odgłos przekręcania klucza w zamku. Jej ciche, delikatne kroki przez korytarz weszły do łazienki.

Korzystając z okazji, pociągnął za klamkę od jej drzwi. Były zamknięte. Widział w zamku klucz. Wyciągnięcie swojego scyzoryka i wypchnięcie klucza na czekającą już na podłodze gazetę, jak to przedstawiały wszystkie przygodowe powieści dla chłopców, zajęło mu niecałe dwadzieścia sekund, dzięki czemu uzyskał dostęp do jej pokoju. Nie miał czasu na rozglądanie się, a nawet jeśli, czuł, że byłoby to niewybaczalne pogwałcenie etykiety. Dlatego też zrobił jedyną rzecz, na jaką był w stanie wpaść, co zajęło mu kolejne dwadzieścia sekund, po czym raz jeszcze przekręcił klucz w jej zamku, a następnie wsunął klucz pod drzwi.

Wrócił do swojego pokoju. Przebrał się w czyste ubrania i uczesał włosy. Spodobało mu się, jak schludnie ułożyła wszystko w jego walizce – najwidoczniej jej sumienie nie kłopotało się etykietą, która jego powstrzymała – co sprawiło, że całość była znacznie porządniejsza, niż kiedy zrobił to on.

Usłyszał kogoś wchodzącego do pokoju obok, a po chwili zarejestrował jej stłumiony okrzyk. Uśmiechnął się.

Kiedy po paru minutach zapukał do jej drzwi, czuł się szczęśliwy, z wnoszącym się wysoko nastrojem, chociaż trochę denerwował się powitaniem, jeśli ona nie potraktowała jego małego żartu jako coś zabawnego.

Otworzyła drzwi z jedną ręką na biodrze i rzuciła mu belferskie spojrzenie rozbawionej irytacji. Jego zegarek zwisał z jednego z jej chudych palców z paznokciem w klamrze.

— To chyba twoje?

Udał zdziwienie.

—Och, tak, rzeczywiście. Zastanawiałem się, gdzie go zostawiłem. Szukałem dosłownie wszędzie... — Uśmiechnął się do niej psotnie, wziął zegarek i schował go do kieszeni.

— Cóż, tak żebyś wiedział, teraz, kiedy już wiem, że jesteś w stanie wejść do mojego pokoju, nawet jeśli drzwi są zamknięte, włożyłam oparcie krzesła za klamkę.

— To ty zaczęłaś — powiedział, ale z uśmiechem — A teraz, kolacja?

— Tak, proszę, Williamie — Przemknęła obok niego z ignorancją z wysoko podniesioną głową, chociaż trochę to zepsuła, spiesząc z powrotem, by zamknąć drzwi na klucz.

W trakcie jazdy rozmawiali niewiele. Dottie zrelaksowała się, opierając się o skórzane siedzenie i cieszyła swój wzrok scenerią ukazującą się zza okna. Głębokie odcienie złota tuż przed zmierzchem upajały jej zmysły. Dlaczego słońce świeciło tylko pół godziny przed zmrokiem?

Kiedy zaparkował samochód, wysiadł i otworzył dla niej drzwi. Podziękowała mu za grzeczność, teraz już przestarzałą, ale jakże mile widzianą. Wyciągnął swoje ramię, by pomóc jej wyjść.

— Uważaj na kałuże.

Już prawie chciała powiedzieć, że oboje brzmią jak stare, dobre małżeństwo, ale jakoś nie mogła się pozbierać, by wypowiedzieć te słowa. Była świadoma ciszy, choć poczuła dziwne skrępowanie w jego towarzystwie. Była nieśmiała. Nie wiedziała co powiedzieć. Jednak William również wydawał się zbyt rozkojarzony i pogrążony w myślach. Może miał na głowie sprawę morderstwa?

„Restauracja", którą sobie wyobraziła, okazała się być stoiskiem ze smażonymi rybami zaraz przy plaży. William złożył zamówienie uśmiechniętej pani za ladą, a kiedy podano im jedzenie, oczywiście, owinięte w gazetę, jedli, spacerując brzegiem morza razem z innymi „gośćmi restauracji": ukochanymi, młodymi i starymi, rodzinami z hasającymi dziećmi, samotnikami oraz grupami śmiejących się przyjaciół.

Poszli się przejść niedaleko starożytnych ruin murów zamku, po czym raz jeszcze się cofnęli, by obejrzeć liczne zacumowane na noc łodzie. Potem powrócili na plażę. Było już prawie ciemno, a skończyli jeść już dosyć dawno. William pozbył się gazety, wyrzucając ją do śmietnika. Dottie oblizała swoje palce, a potem delikatnie wytarła je swoją chustką.

Bardzo hałaśliwa rodzina w końcu zeszła z ławki. William wyrwał się, by ją dla nich zarezerwować, a Dottie do niego dołączyła. Słońce było pomarańczową smugą na horyzoncie. Oglądali je, aż zupełnie zniknęło, pozornie za morzem. Wszędzie wokół otaczało ich granatowe niebo ze świecącymi gwiazdami oraz szum delikatnych fal. Od morza wiała bryza, wystarczająco chłodna, by pozwolić Williamowi na objęcie jej swoim ramieniem. Trzymał ją blisko ciepła swojego ciała.

Rozmowa była nadal w zawieszeniu, jednak Dottie czuła głębokie zadowolenie. Z pewnością to uczucie szczerej radości to miłość, prawda? Przez tyle wieków tak wiele napisano, powiedziano i zaśpiewano o miłości, ale czy ktoś w ogóle wiedział, co to jest?

Tu i tam włączała się latarnia uliczna, rzucając na ziemię małą, złotą plamę, co jeszcze bardziej potęgowało romantyczny nastrój tego wieczoru. Po chwili znów spacerowali. Dottie postanowiła zaryzykować gniew pana Braya i wszystko powiedziała Williamowi. Reszta spacerowiczów promenady już zniknęła, zostawiając paru nieśmiałych zakochanych i ludzi na spacerze z psami, samych sobie.

Jak tylko mu powiedziała, zatrzymał się.

— Pani Carmichael miała dziecko — powtórzył. W jego głowie kręciły się niezliczone myśli. Pokręcił głową, kiedy po raz pierwszy spojrzał prawdzie w oczy. Powinien był ujrzeć ją wcześniej. Zdał sobie sprawę, że przecież wiedział o tym przez cały czas. Oczywiście, nie chodziło tu tylko o to, kim był ojciec, ale również kim była matka. I tak, w jakiś sposób wiedział...

Dottie, rozczarowana jego brakiem zdziwienia, kontynuowała, nieświadoma chaosu w jego głowie.

—Tak, i poza tym, że to chłopiec, nic więcej nie wiem. Musiała go, oczywiście, oddać do adopcji. Nie mam za bardzo pomysłu, jak go znaleźć. Miałam się tego dowiedzieć od kogoś, kto miał mi pomóc tego popołudnia, ale nikt się ze mną nie skontaktował. Podejrzewam jednak, że nadal mam czas. W końcu, przyjechałam dopiero wczoraj. Mimo wszystko, chciałabym mieć coś więcej, by posunąć się do przodu.

— Hmm... — powiedział. Rozejrzał się wokół siebie z wahaniem. — Będziesz miała coś przeciwko, jeśli zaczniemy już wracać? Ja, ehm... to był długi dzień.

— Oczywiście — odparła. Wewnątrz zaczęła się zastanawiać, co takiego powiedziała, co go zasmuciło. Jego nastrój natychmiast się zmienił z bestroskiego i romantycznego na wycofany i małomówny. Zaczęła siebie strofować, po czym musiała przyspieszyć, by go dogonić.

— William!

— Co? — zapytał, po czym sam dał sobie burę. Wziął oddech. — Przepraszam, Dottie. Wybacz mi, nie miałem zamiaru odezwać się do ciebie w taki sposób.

Położyła dłoń na jego ramieniu.

— O co chodzi? Co takiego zrobiłam? — Jej głos był cichy, niepewny, jak głos dziecka.

— Nic, kochana, nic. Nie chodzi o ciebie — Poklepał ją po dłoni, ale jego humor był wciąż kiepski. Kiedy zostawił ją przy drzwiach jej pokoju, zdawkowo pocałował ją w policzek.

— Cholera jasna! — powiedziała do siebie ze złością, ale ostrożnie, by nie podnosić głosu. Usłyszała, otwierające się i zamykające drzwi jego pokoju oraz skrzeczące sprężyny jego łóżka.

*

Dzień Piąty: Sobota

Inspektor Hardy w sobotni poranek obudził się bardzo wcześnie. W końcu spało mu się lepiej niż przez dwie ostatnie noce. Był już tak zmęczony, że nawet nie usłyszał piania koguta. Kiedy wychodził z gospody, zatrzymał się w barze, by porozmawiać z panem Nelsonem.

— Były może jakieś telefony do mnie?

Nelson pokręcił głową.

— Żadnych, proszę pana, przepraszam.

— Spodziewam się telefonu z Londynu. To bardzo ważne, więc jeśli mnie tu nie będzie, czy mógłby pan powiedzieć, by skontaktowali się z posterunkowym Forbes'em? — Nelson już przytakiwał głową. — I proszę pamiętać, że to poufna sprawa policyjna, więc proszę nie wspominać niczego, co usłyszy pan przez telefon, nikomu innemu poza mną.

Nelson zapewniłgo, że będzie wcieleniem dyskrecji.

Hardy zjadł śniadanie z posterunkowym Forbes'em, co najwyraźniej stało się ich codzienną rutyną.

— Inspektor z Edynburga powiedział, że będzie tu na lunch — powiedział Forbes.

Hardy skinął głową.

— Do tego czasu się ulotnię. Zanim jednak to zrobię, chciałbym poprosić pana o przysługę. Chciałbym porozmawiać z lekarzem sądowym, który bada ciało. Może mi pan powiedzieć, kto może być tym lekarzem i gdzie go mogę znaleźć?

— A jakże, mogę nawet pana do niego wziąć — Forbes wstał, chwycił swój płaszcz i wsiadł do samochodu Hardy'ego, zanim ten wyszedł z budynku.

Hardy przedstawił się lekarzowi i zaczął tłumaczyć osobliwą naturę jego zaangażowania w tej sprawę. Lekarz zbył to machnięciem ręki, mówiąc:

— Nie ma to ze mną żadnego związku.

Hardy się uśmiechnął.

— Byłbym wdzięczny, jeśli przedstawiłby mi pan najistotniejsze kwestie, jeśli chodzi o sprawę Denholme'a.

—A jakże, dobrze. Miałem go na stole zeszłego wieczoru. Moja żona nie była ucieszona, że wróciłem tak późno. Zaprosiła do nas przyjaciół na kolację.

Hardy skinął głową ze współczuciem.

— Cóż, nie jest to kariera biorąca pod uwagę potrzeby dobrego męża i ojca.

— A jakże, można tak powiedzieć. Pójdę po moje notatki —Poszedł do małego gabinetu, wołając, by poszli za nim. Z biurka wziął folder z dokumentami i go otworzył. — Chce pan przeczytać całość czy...?

Hardy pokręcił głową.

Forbes rozglądał się wokół siebie z niezwykłym zainteresowaniem.

— Nigdy tutaj nie byłem — powiedział do

Hardy'ego szeptem.

— Jeśli kiedykolwiek przeniosą cię do wydziału kryminalnego, będziesz tutaj częściej niż we własnym salonie — odparł groźnie Hardy.

— Tutaj wszystko mamy, panowie. Żadnych wielkich niespodzianek. Odpowiednie zdrowie jak na mężczyznę w wieku czterdziestu sześciu lat. Zmarł po postrzale dubeltówką w brzuch, natychmiastowa śmierć. Odległość, między dziesięć a dwanaście stóp najwyżej. Śrut wydobyty z korpusu sugeruje, że szukają panowie standardowej dwunastki. Kiedy go zobaczyłem, na pewno był już martwy około osiem lub dziewięć godzin. A była to, według moich zapisków, 8:25 rano.

— Zauważył pan pozycję jego ciała? — zapytał Hardy.

— Hmm... Typowa pozycja spadania, wskazująca na to, że ofiara w trakcie strzału stała.

— A średni wzrost agresora to...?

— W pełni pański problem, inspektorze.

— Proszę zrobić mi tę przyjemność. Mniej więcej pięć stóp?

— Prawdopodobnie odrobinę niższy niż średni wzrost, chyba że trzymał dubeltówkę w jakiś nadwyraz teatralny sposób lub klęczał na podłodze. A to wydaje się mało prawdopodobne. Tak że wydaje mi się, że pięć stóp to całkiem trafne założenie.

Hardy, uśmiechając się po raz pierwszy tego dnia, uścisnął dłoń lekarza i się pożegnał.

Pojechał razem z Forbes'em z powrotem do wioski. Kiedy wychodził z samochodu, powiedział do posterunkowego:

— Gdzie znajdę mojego imiennika?

Forbes się w niego wpatrywał.

— Pana...? Och, tak. Hmm... Nie do końca

wiem. Zwykle łatwiej go znaleźć po zmierzchu. Albo śpi gdzieś na kacu, albo goni za jakąś spódnicą, lub nawet, co nie zdarza się często, pracuje na jednej z miejscowych farm. Musiałby pan przejechać całe hrabstwo, żeby go znaleźć. Lepiej pozwolić mu znaleźć pana.

To nie była specjalna pomoc.

— Nie ma w okolicy żadnej rodziny?

— Och, nie, był adoptowany jako dziecko od jakiejś Angielki. Kiedy teraz tak o tym myślę, chyba była z Londynu. Coś miała wspólnego z krawiectwem. Tak myślę. Jego nieślubne pochodzenie nigdy nie było sekretem. Poza tym, kim był jego ojciec, hę? — Szturchnął Hardy'ego jak mężczyzna mężczyznę. — Wychowała go stara para. Nie mieli żadnych swoich dzieci. Ale już od dawna nie żyją, a farma miała od tamtego czasu dwóch lub trzech najemców.

Dottie miała nadzieję zobaczyć się z Williamem na śniadaniu, ale on się nie pojawił. Nie będąc świadomą, że ten wyszedł dwie godziny temu, rozważała, ale ostatecznie odrzuciła pomysł zapukania do jego drzwi z jakąś zmyśloną wymówką. Po czterdziestu minutach w małym salonie jadalnym cuchnącym śledziami i pekińczykiem, Dottie potrzebowała trochę świeżego powietrza. Udała się szybkim krokiem do swojego pokoju, złapała za płaszcz i kapelusz, po czym pobiegła z powrotem na dół, by oddać swój klucz, wypełniając prośbę pana Nelsona, który powiedział, że wszyscy goście zostawiają swoje klucze, kiedy wychodzą. *Niewątpliwie, ułatwiało to sprzątanie* – pomyślała Dottie – *ale chyba mieli jakiś uniwersalny klucz?* W zasadzie, gospoda nie wydawała się być prowadzona w tak zdroworozsądkowy sposób.

Wkroczyła w półmrok baru, łapiąc w nozdrza

zapach tabaki i stęchłego piwa. Z pewnością nie cała Szkocja była takim atakiem na narządy węchowe.

Była już prawie przy barze, kiedy usłyszała kogoś wypowiadającego jego imię. Zatrzymała się. Delikatny unik zaprowadził ją za stojącą na kontenerze gabinetowym aspidistrę, i łąpiąc oddech, Dottie zaczęła podsłuchiwać z drobnym poczuciem wstydu.

— Jest tu dopiero od kilku dni, ale już dwa razy był „na tym" złapany z Anną. Billy McHugh jest już gotowy, by dać mu po łbie, albo gorzej, więc jeśli będzie pan widział drogiego pana Hardy'ego, proszę mu powiedzieć, żeby na siebie uważał.

To był głos mężczyzny, który właśnie wszedł do środka. Dottie czuła, że już go wcześniej widziała. Kiedy poszedł z powrotem w kierunku drzwi, zobaczyła jego mundur. Tak, to był listonosz. Skinął swoim kapeluszem do Dottie, która teraz ostrożnie przeglądała dopiero co znalezioną gazetę.

— Panienko.

Skinęła głową i uśmiechnęła się do niego automatycznie. W głowie jednak powtarzała jego słowa. Właściciel, nieświadomy jej obecności, wołał już za listonoszem ze swoją wesołą ripostą.

— A jakże, powiem temu paniczowi Williamowi, żeby się pilnował. Nie żeby to robiło mu jakąś różnicę. Po prostu nie może zostawić tej dziewczyny samej, z mężem czy nie. Dobrego dnia panu.

Dłużej już tak nie mogła. Nie przejmując się, co sobie mogą pomyśleć, przepchnęła się obok listonosza i wypadła na ulicę, biegnąc na oślep w stronę nadbrzeżnej drogi. Łzy spływały po jej twarzy, a łkanie sprawiało, że miała ciężki oddech. To nie mogło, po prostu nie mogło...

Stanęła. Panicznie rozglądając się wokół siebie, wypatrzyła malutki kościół zagnieżdżony między skałami i drzewami po jej prawej stronie. Pobiegła pod skąpą osłonę roślinności, kiedy niebiosa właśnie w tym momencie postanowiły stanąć otworem.

To nie mogła być prawda. William Hardy? On by nigdy...?

Cmentarz zadziałał uspokajająco na jej rozedrgane nerwy. *Za sto lat żadna z tych rzeczy nie będzie się liczyć* – pomyślała głównie dlatego, że była otoczona nagrobkami z datami urodzeń z lat 30. i 40. dziewiętnastego wieku. Oczywiście, ta filozoficzna myśl za nic jej nie pomogła. Silny deszcz zelżał do delikatnej mżawki. Schowała się pod koroną wielkiego cisu, chociaż i tak już była zmoczona. Szkoda, że nie było tam ławki. Było to przyjemne miejsce. Oparła się o chropowatą korę i pozwoliła bryzie oraz stukotaniu kropel deszczu na uśpienie jej myśli, na przyniesienie im spokoju.

Po dziesięciu minutach zaczęła czuć, że musiało być jakieś proste wytłumaczenie. William Hardy, którego znała, nigdy nie miałby romansu z zamężną kobietą, nie wspominając już o tak... jawnym... pokazywaniu się. Ale czy ona go rzeczywiście znała? Odpowiedź na to pytanie szeptał do niej z tyłu głowy jakiś głos. Gdyby sie mu oddała, to by uniemożliwiło mu poszukiwania pocieszenia gdzie indziej. Prawda? Tak by było? A może on jest tak naprawdę kobieciarzem? Jak dobrze go właściwie znała? Otrząsnęła się z niecierpliwością. To nonsens. Istniała jedna rzecz, jakiej była w jego kwestii pewna – a sama przyznała, że wiedziała w zasadzie niewiele – i była to niezmienna prawość jego charakteru. Marnowała swoje łzy bez powodu. Była głupia. To nie miało nic wspólnego z prawdą, on nigdy w życiu by czegoś takiego nie zrobił. Nie miała się czym przejmować. Nigdy by czegoś takiego nie zrobił.

Doszedłszy do tej konkluzji, poczuła ulgę. Jakby

w odpowiedzi na jej lepszy humor, przestało padać, a słońce wyszło zza mgielnej zasłony.

Wyłoniła się spod korony cisu i zaczęła się rozglądać, napawając się subtelnym pięknem wiktoriańskiego kościoła i cmentarza, oraz uśmiechając się na gwałtowne ruchy kosów i wiewiórek.

Coś większego od wiewiórki przybiegło do niej susami, wesoło szczekając i kładąc zabłocone łapki na jej spódnicy. Z niewielkiej odległości Dottie ze zmartwieniem dostrzegła, że spora ilość ziemi została zgarnięta na stertę na trawiastej ścieżce, niecałe dwanaście cali od przechylonego nagrobka.

— Ty niegrzeczny psie! — Dottie zganiła szczekające i kręcące się stworzenie, starając się zetrzeć ze swoich ubrań błoto swoją misterną chusteczką do nosa. — Może i jesteś tej samej rasy, ale ewidentnie daleko ci do Pani Bovary, ona jest dwa razy od ciebie większa. Więc kim jesteś? — Rozejrzała się, ale nie widziała nikogo, kto mógłby być właścicielem psa. Pekińczyk miał na sobie obrożę, ale nie było na niej adresówki.

Tylne drzwi kościoła stanęły otworem, a zza nich wyszła kobieta w kwiecistym fartuchu, by opróżnić szufelkę w śmietniku znajdującym się w rogu. Skinęła głową i zawołała:

— Dzień dobry!

— Podejrzewam, że nie wie pani, czyj jest ten pies? —spytała Dottie. Kobieta się zaśmiała.

— Wygląda jak Gustave. Należy do pani Denholme, w tamtym dużym domu. Cóż, właściwie to chyba jest pupilem jej chłopców, ale chyba nie robią z nim nic więcej poza rzucaniem mu piłki. Nie do końca wychodzi im opiekowanie się nim, jak pani widzi. Pewnego dnia wpadnie pod samochód, jeśli go dobrze nie wytresują.

— Pani Denholme?

— Tak. Chociaż nikt raczej nie będzie zwracał uwagi na psa po tym, co się stało.

— Och. A dlaczego? — Dottie, rzecz jasna, wiedziała dlaczego, ale chciała dowiedzieć się więcej.

Kobieta szybko rozejrzała się wokół siebie, po czym podeszła bliżej, zniżając swój głos.

— Jej mąż, właściciel ziemski, został zastrzelony dwie noce temu. Będzie teraz miała żałobę. Był u niej lekarz, by podać biednej kobiecie jakieś krople nasenne. Ale, z tego, co słyszałam, możliwe, że to wcale nie przez rozpacz tak się rozchorowała. Nie powinnyśmy jednak źle mówić o zmarłych.

Dottie powstrzymała się od zawołania: „Och, proszę, niech pani mówi", i zamiast tego odpowiedziała zwykłym:

— Och, oczywiście, że nie — Potem chytrze dodała: — Ale, tak naprawdę, kiedy ktoś bliski umiera, ludzie wokół tej osoby zwykle przebaczają lub zapominają o jakichś drobnych uwagach i słabostkach.

Kobieta w fartuchu uśmiechnęła się do niej znacząco.

— Pewnie tak, o ile paskudny, wzburzony temperament i zawsze gotową pięść można nazwać słabostkami. Panienka wybaczy, ale muszę już iść.

Dottie zatrzymała ją wystarczająco długo, by dowiedzieć się, gdzie mieszkała pani Denholme. Ściągnęła ze swojej sukienki pasek. W końcu, był tam tylko po to, by podkreślać jej szczupłą talię i niczemu innemu nie służył. Przewlekłszy pasek przez obrożę psa, tworząc prowizoryczną smycz, odeszła powoli, ze względu na badawczą naturę psa, w kierunku dużego domu.

Nietrudno było go znaleźć, jako że był to jedyny tak duży dom – a właściwie jedyny dom – po tej stronie kościoła.

Kiedy wydostała się z zagajnika pełnego drzew na brzegu dużego trawnika, Dottie dostrzegła dwóch chłopców bawiących się piłką. Pies wesoło szczekał, kiedy ich zobaczył, a chłopcy od razu do niego przybiegli.

— Znalazłam waszego psa na cmentarzu — powiedziała Dottie. — To wasz pies, prawda?

— O kurczę! — powiedział pierwszy chłopiec, w wieku mniej więcej ośmiu lat, jak oceniła Dottie.

— Znowu wykopywał kości? — spytał młodszy.

— Mam nadzieję, że nie — odparła Dottie z wątpliwościami, przypominając sobie dziurę, którą wcześniej widziała. —Chyba nie jest wytresowany, co nie?

— Nie. Ojciec zawsze groził, że go zastrzeli, jeśli się nie weźmie w garść.

— Teraz przynajmniej możemy go zatrzymać! — dodał młodszy chłopiec. Żaden z nich nie wydawał się specjalnie zasmucony śmiercią ojca, o ile zmarły mężczyzna był rzeczywiście ich ojcem.

Jednak młodszy chłopiec od razu powiedział z twarza zarumienioną z ekscytacji.

— Nasz tata został wczoraj zastrzelony na śmierć!

— Cii, Michael! —powiedział ostro jego brat. — Mamie jest naprawdę przykro. Musiała się położyć i trzeba było wezwać lekarza.

— Nie dziwię się — powiedziała Dottie, myśląc, że gdyby jej mąż był kiedykolwiek zastrzelony, ona potrzebowałaby znacznie więcej niż położenia się, by się po tym pozbierać. — Jestem pewna, że wszyscy liczą na wasze jak najlepsze zachowanie do czasu, aż wasza mama poczuje się lepiej.

— Nie jestem smutny — powiedział jej starszy chłopiec. — Michael też nie — Szturchnął swojego młodszego braciszka.

— Ja jestem smutny — zadeklarował Michael, choć jego uśmiechająca się, rumiana twarz mówiła co innego.

— Teraz przynajmniej nie muszę jechać do szkoły — powiedział starszy chłopiec. — Mama i ja się tym martwiliśmy.

— Nie jestem pewna, czy powinieneś mi to mówić — odparła Dottie, kiedy Michael dodał:

— Dużo rzeczy będzie lepszych teraz, kiedy Ojca już nie ma.

Dottie była zszokowana. To okropnie smutne, że rodzina traktuje śmierć ojca w taki sposób. By powstrzymać wszelkie niezręczne nowinki, powiedziała szybko:

— A teraz, chłopcy, gdzie są tylne drzwi? — Nie była pewna, czy powinna po prostu odejść, czy lepiej dać komuś znać, że znalazła błąkającego się psa, ale ostatecznie zdecydowała, że porozmawia przynajmniej z kimś z personelu.

— Tędy — powiedział Michael, po czym odezwał się do swojego brata: — Ścigamy się! — Obaj pobiegli, a pies szczekał u ich stóp z paskiem Dottie ciągnącym się po ziemi. Dottie szła za nimi powoli, rozglądając się wokół siebie.

Przy szklanych drzwiach na tyle domu stał policjant. Były otwarte, a fotograf robił im zdjęcia z różnych stron, z pewnością starając się uchwycić jakiekolwiek odciski palców na szkle lub ramie.

— Tu się to stało — Starszy chłopiec znów był obok niej.

— Jejku — powiedziała uprzejmie Dottie. Spojrzała na drzwi z zainteresowaniem. Policjant wpatrywał się w nią, jakby wyzywając ją, by podeszła choć o krok bliżej. Młodszy chłopiec do niej podszedł i chwycił ją za rękę.

— Tędy, proszę pani — powiedział, a przez chwilę Dottie przypomniał się nastolatek o imieniu Anthony, którego poznała parę miesięcy temu, kiedy była zaangażowana w pracę dla pani Carmichael. On również wykazał się bardzo dojrzałym poczuciem dobrych manier. Miała nadzieję, że u Anthony'ego wszystko dobrze.

Dotarli do tylnych drzwi i weszli do środka bez pukania. Dottie słyszała rozmowę. Głos mężczyzny mówił:

— Cudowne maniery ma ten policjant z Londynu. Szkoda, że nie będzie prowadził tego dochodzenia.

Dottie pomyślała z dumą, że mężczyzna prawdopodobnie mówił o Williamie. Potem przypomniała sobie powód jej pospiesznego wyjścia z gospody dzisiaj rano i natychmiast poczuła niepewność. Odrzuciła od siebie to uczucie, mówiąc sobie jeszcze raz, że William nigdy nie romansowałby z zamężną kobietą.

Kolejny głos, kobieta, odpowiedział:

— No, a do tego przystojny. Nie żeby miało to coś wspólnego z tą sprawą. Założę się, że nic mu nie umyka. Nie miałabym nic przeciwko, gdyby zaczął mnie przesłuchiwać.

— Panienka dobrze się dogaduje z takimi podrostkami — powiedział głos mężczyzny ze śmiechem. — Nieważne, usunęli go, nie? Rozkazy oskarżyciela.

— Pewnie bał się, że będzie niebezpiecznie blisko całej sprawy — powiedział trzeci głos, również kobieta, brzmiąca na starszą, ze swego rodzaju sapaniem ukrywającym się za szkockim akcentem.

Ciekawe — pomyślała Dottie. Chętnie posłuchałaby dłużej, ale nagle wparowali do środka chłopcy, krzycząc, że w tylnych drzwiach stoi panienka, i że znalazła Gustave'a jedzącego zmarłych ludzi na cmentarzu.

— Ten cholerny pies! — powiedział mężczyzna, po czym Dottie usłyszała dźwięk odsuwania krzesła, kiedy ten wyszedł i znalazł ją w holu.

— Pani wybaczy moje przekleństwa, panienko. Jestem Roberts, kamerdyner. W czym mogę pani pomóc?

— Och, pan Roberts. Miło mi pana poznać. Nazywam się Dottie Manderson. Będę w wiosce przez parę dni. Przepraszam, że państwu przeszkadzam. Nie chciałamwchodzić drzwiami wejściowymi, ponieważ słyszałam o... ehm, o tragedii. Pomyślałam tylko, że lepiej dać komuś znać, że znalazłam błąkającego się psa na cmentarzu. Już go przyprowadziłam. On, em... on kopał. Ale nie wydaje mi się, żeby dokopał się tak głęboko, żeby rzeczywiście kogoś zjeść —dodała z uśmiechem.

Roberts wykrzywił się.

Michael krzyknął z radością:

— Jestem pewien, że czuł kości!

Ktoś go uciszył.

— Bardzo pani dziękuję, panienko. Obiecuję, że postaramy się go lepiej przypilnować. Em... Obawiam się, że nie mogę w tej chwili zaoferować pani niczego do picia.

Dottie wycofała się w kierunku drzwi, podnosząc rękę w przeprosinach.

— Nie, nie. Ja w pełni rozumiem, nie chcę przeszkadzać. To naprawdę bardzo dla państwa przygnębiające.

— Ja nie jestem przygnębiony! — ogłosił dumnie starszy chłopiec.

— Cóż, powinieneś być, paniczu Jeffrey'u, a teraz zmykaj do kuchni, a pani Roberts poda ci szklankę mleka i trochę ciasta wiśniowego.

Z okrzykiem radości, starszy chłopiec pobiegł do kuchni z psem szczekającym u jego stóp raz jeszcze. Dottie się pożegnała i z powrotem poszła na cmentarz. Po godzinie przypomniała sobie o swoim pasku.

William Hardy musiał się zastanowić. Po opuszczeniu komendy posterunkowego Forbes'a, pojechał na południe, a potem na wschód, aż znów dotarł na wybrzeże. Całe szczęście, nie było wielkiego ruchu, bo on wcale nie był skupiony na jeździe. W duszy ciągle narzekał i parę razy grzmotnął ręką o kierownicę.

W końcu zatrzymał samochód na wybrzeżu, po którym spacerował z Dottie zeszłego wieczoru. Teraz, miejsce to było opustoszałe, choć skąpane w złotym blasku słońca niczym każda modna plaża w Angielskiej Riwierze.

Uświadomił sobie, że ciężko oddycha, dlatego postarał się uspokoić. Opierając się na swoim siedzeniu, zamknął oczy i pozwolił, by ogarnął go dźwięk morza. Po chwili jego furia zaczęła delikatnie ustępować.

Najwyraźniej, rewelacja pani Carmichael na herbacie u Dottie, która miała miejsce dwa lub trzy miesiące temu, zatrzymała się niedaleko od prawdy.

Znałam twojego ojca.

Mój Boże – pomyślał. Jego doświadczenie życiowe i światowe, które z czasem zdobył, oraz doświadczenie policyjne, wypełniały teraz jego głowę niewypowiedzianymi szczegółami słyszanymi już przez niego setki razy w przeszłości. A więc był tam romans. Tyle już wiedział z ust samej pani Carmichael, co zostało również potwierdzone przez jego wujka. Romans został zakończony, kiedy jego ojciec poznał i poślubił jego matkę, która była do niego bardziej pasująca pod względami klasy społecznej. Według jego wuja, w pewnym momencie nastąpiło wznowienie romansu, co teraz stało się jasne w cieniu tego wszystkiego, i doszło do poczęcia dziecka. Ze względu na jego nieślubne pochodzenie, dziecko zostało oddane do adopcji, prawdopodobnie nieformalną drogą, by oszczędzić wszystkim utraty reputacji.

Hardy był zdegustowany manierami pokolenia jego ojca. Jak można mieć z kimś romans, spłodzić dziecko i pozbyć się go, a jednocześnie, bez względu na wszystko, utrzymać powierzchowną fasadę drobiazgowej przyzwoitości. Nie mógł w to uwierzyć. W ciągu ostatniego dnia jego niechęć do ojca przerodziła się w czystą nienawiść. Początkowo była to wątpliwość, później podejrzenie, które skrystalizowało się w pewność i odkrycie.

Wyciągnął zegarek, który był w jego kieszeni. Był to ostatni, skromny prezent od jego ojca. William pieczołowicie go przechowywał i liczył, że pewnego dnia podaruje go swojemu synowi. Nie był to drogi czasomierz ani jakiś kunsztowny wyrób, jednak jego przywiązanie emocjonalne wyszło daleko poza jego właściwości fizyczne. William opuścił szkołę i poszedł do Oksfordu studiować prawo. Pamiętał, jak jego ojciec, major Garfield Hardy, uścisnął jego dłoń, kiedy razem z żoną szykowali się już do wyjścia tamtego pierwszego dnia. Jego ojciec wręczył mu mały pakunek, pudełko, w którym znajdował się zegarek.

— Obawiam się, William, że to niewiele. Ale jest praktyczny. Nie ma też wystarczającej wartości, by ktoś cię przez niego napadł, byś przegrał go w grze lub byś zastawił go, żeby zapłacić rachunek. Po prostu go noś i wiedz, że twój ojciec jest naprawdę dumny ze swojego syna.

Potem uścisnęli sobie dłonie w sposób oficjalny, który jego ojciec preferował, a William pocałował swoją matkę. Odeszli, zostawiając go samego w dziwnym miejscu, pośród dziwnych ludzi, młodego mężczyznę na skraju dorosłego życia.

W pudełku znajdowała się kartka w rodzaju wizytówki. Pismo z zawijasami jego ojca głosiło:

„Dla mojego drogiego syna Williama, z miłością ojcowską”

Słowa te były najbliższe, jak tylko mogły, do nigdy nieistniejącego między nimi objęcia ojca z synem. Przez ostatnie dziesięć lat, Hardy cenił sobie te słowa podczas wszystkich finansowych i osobistych katastrof, które napadły ich dwa lata po tamtym dniu. Cenił sobie słowa „drogi” oraz „miłość”, słowa nigdy nie wypowiedziane do niego przez jego ojca na głos, a tak upragnione przez jego syna.

Jednak, teraz, ile te słowa znaczyły? Nic. Mniej niż nic. Nawet jego imię nie było jego. Pokręcił głową w czystym niedowierzaniu. Nawet jego imię nie było jego. W momencie, kiedy się urodził, jego ojciec już miał innego syna nazwanego Williamem Hardym. Zegarek mógł być przeznaczony dla jednego lub drugiego. Dla mojego drogiego syna Williama. Tylko którego?

Miał ochotę wyrzucić go do morza. Wyszedł nawet z samochodu i zszedł do chlapiących z zapałem fal na brzegu morza. Podniósł dłoń, w której trzymał zegarek, a potem... nie mógł tego zrobić.

Z westchnieniem z powrotem włożył zegarek do kieszeni, z wściekłością starł łzę z jego twarzy, skrzywił się z bólu przez siniaka, którego przez przypadek dotknął, po czym obrócił się i wrócił do auta.

Kiedy był z powrotem w gospodzie, w swoim pokoju, otworzył dużą, brązową kopertę i szybko znalazł mniejszą kopertę w środku. Wewnątrz znajdował się papier, który dał mu pan Bray, i który miał być podpisany przez „zagubionego spadkobiorcę". Teraz chciał wiedzieć, co tam było napisane. Rozerwał kopertę i wyciągnął z niej kartkę. Paragraf był zwięzły:

„Ja, William Garfield Hardy, niniejszym przysięgam i poświadczam, iż jestem prawdziwym synem i krewnym Muriel Carmichael oraz Garfielda Edwarda Hardy'ego, oboje zmarłych. Tak oto legalnie zatwierdzając moją tożsamość, przejmuję kontrolę nad spadkiem z majątku mojej matki"

Poniżej znajdowało się miejsce na podpis, datę oraz podpis świadka.

William opadł na łóżko. Oddanie swojego imienia temu mężczyźnie było okropne, ale jeszcze gorsze jest to, że to on dostanie jej spadek, podczas gdy Williamowi zapłacono, w gruncie rzeczy, 500 funtów, a reszta jego rodzeństwa obyła się bez tego. Ten nieślubny syn miał nawet jako drugie imię imię ich ojca. To nie mogło... ponownie pokręcił głową. Jedyne, o czym był w stanie myśleć, to, że było to niesprawiedliwe. Nie obchodziło go, czy zachowuje się dziecinnie, to była jego jedyna myśl: to niesprawiedliwe.

Potęgująca na sile furia uciskała jego żołądek.

Postanowiła, że pójdzie po pasek po kolacji. Wtedy prawdopodobnie nikomu nie przeszkodzi. Spacer ulicą zamiast przejścia przez tereny za kościołem wydawał się szybszy. Po dwudziestu minutach była już przy bramie, a po kolejnych pięciu pukała już do tylnych drzwi. Otworzył je pan Roberts, który spojrzał na nią z konsternacją.

— Och, panienko, powinna była pani skorzystać z drzwi wejściowych!

Przeprosiła, dodając:

— Nie chciałam przeszkadzać w tych okolicznościach — Wytłumaczyła, co ją tam sprowadza, a pasek szybko się znalazł. Kiedy przygotowywała się do wyjścia, usłyszała hałas szczekania i krzyczących dzieci. Prawie natychmiast, chłopcy wybiegli przez hol do drzwi ogrodowych, goniąc za Gustavem, a za nimi kilka sekund później spieszyła Pani Bovary, nie mogąc za nimi nadążyć ze względu na swoją puszystą posturę. Desperacko zaciekawiona Dottie jednak zostawiła pytania dla siebie, czując się dumna z tego, jak dojrzałą kobietą była w ostatnich dniach. Pożegnała się z panem Robertsem, i przecisnąwszy się obok dwóch ogromnych kufrów, zamkniętych, zapiętych paskiem i ułożonych idealnie w tylnich drzwiach, ruszyła w drogę powrotną. W głowie kłębiło się jej szereg myśli.

Kiedy wróciła do wioski, prawie zderzyło się z nią dwóch wielkich i hałaśliwych mężczyzn. Ten większy zatrzymał się, by uchylić swój wysłużony kapelusz w geście przeprosin, ale, nie przerywając, kontynuował swoją rozmowę. Dottie zasłyszała więcej, niż się tego spodziewała.

— Tym razem nieźle mu przywaliłem. "Hardy, trzymaj się zdala od mojej żony", powiedziałem mu i uderzyłem go prosto w twarz. To go czegoś nauczy. Więcej już ze mną nie zadrze. Ani z moją kobietą.

— Oczywiście, że nie, Duży Billy, to wiemy na pewno.

— Spał w swoim pokoju w „Occie". Cóż, mam nadzieję, że dostał nauczkę. A jaką miał minę! Padł jak mucha — Swoimi rękoma Duży Billy pokazywał coś przewracającego się do tyłu, po czym wydał rubaszny śmiech.

— Nie jesteś jedyny, który go szukał. Był też jednego dnia bukmacher.

— A jakże, wiem o tym! — Kolejny rubaszny śmiech. — Byłem tam, kiedy go znalazł. Pacnął go prosto w nos, jak ten wchodził do mojego baru. Z wszystkich miejsc wybrał mój bar. Ten chłopaczek ma chyba życzenie śmierci!

A więc to była prawda! Dottie nie była w stanie złapać oddechu. Jej dłonie zakryły usta. Zdruzgotana, pomyślała tylko o tym, by dostać się do swojego pokoju. Przedarła się po schodach do gospody, a w środku, kiedy dotarła do holu, natknęła się na ostatnią osobę, którą chciała zobaczyć.

— Dottie! — zawołał William, a siniaki na jego twarzy oświetlone były przypadkowym promieniem słońca. — Próbowałem cię znaleźć. Muszę ci coś powiedzieć...

— Och, ty... ty! — Słowa ją zawiodły. Podniosła rękę, a jej dłoń przyłożyła mu prosto w twarz z całą siłą, jaką w sobie znalazła. Oślepiły ją łzy. Obróciła się i pobiegła po schodach w kierunku łazienki.

Jego policzek nadal piekł od jej uderzenia. To nie był pierwszy raz, kiedy dała mu policzek. Ale ten sposób, w jaki na niego patrzyła! Jego serce szeptało, że stracił ją na zawsze, jednak jego wnętrze gwałtownie odpowiadało, że nie, że nigdy, przenigdy, nie pozwoli jej odejść.

Ale czy to do niego należało podjęcie tej decyzji? To ona go uderzyła, obróciła się na pięcie i odeszła, a w każdym calu jej wysokiej, smukłej figury widać było wściekłość.

Poszedł do baru, gwałtownie się zatrzymując w drzwiach na widok dużej postaci podpartej na ladzie. Była to ostatnia osoba, jaką William chciał teraz widzieć. Na dodatek był on, pośrednio, przyczyną problemów Williama. William stanął i zastanawiał się, czy nie powinien czasem dać sobie spokój z ostrożnością i iść do niego powiedzieć dokładnie to, co o nim myśli. W końcu, nie miał nic do stracenia.

Obok przeszedł właściciel Nelson i delikatnie uderzył dłonią o blat. Zajął swoje miejsce ze szklanką i ściereczką w ręku. Posłał mu kpiący grymas twarzy, kiedy spojrzał w twarz Hardy'ego.

— Och, to wygląda paskudnie, panie Hardy. Pańska młoda dama ewidentnie nie mogła się powstrzymać, prawda?

William piorunował go wzrokiem, ale nic nie powiedział. Miał wystarczająco dużo zmartwień na głowie.

Jakby świadomy obecności Williama dzięki swojemu szóstemu zmysłowi, mężczyzna po lewej stronie obrócił się i spojrzał prosto w jego twarz. Po sekundzie się zaśmiał, głośno i niepohamowanie, po czym wskazał na swoje własne podbite oko i obrzmiałe usta.

— Teraz jeszcze bardziej do siebie pasujemy! Wygląda na to, że musimy siebie nawzajem pocieszyć. Jak to mówił bard? Kurs prawdziwej miłości nigdy nie przebiegał gładko? Postawię ci drinka, kolego. Wyglądasz, jakbyś tego potrzebował.

On nadal się wahał. Po chwili, nagle, coś wewnątrz niego metaforycznie rozłożyło ręce, uznając sytuację za beznadziejną, dlatego się poddał. I choć nadal był przezorny, podszedł bliżej. Pod nos podstawiono mu szklankę, a dłoń poklepała go współczująco po ramieniu.

Stał ramię w ramię z bratem, o którym nigdy nie wiedział, że go miał, aż do wczoraj. W lustrze za barem nie dało się nie zauważyć, że wyglądali praktycznie tak samo pod względem wzrostu, szerokości barków, koloru oczu i włosów. Mogliby być bliźniakami, obaj wyglądali jak ojciec. Wyróżniały ich jedynie ubrania.

Will podniósł wzrok, uśmiechnął się szeroko do Williama, skrzywiając się jednocześnie od bólu, i podniósł wolną rękę, by uśmierzyć ból oka.

— Toast, za urocze kobiety. Za płeć piękną: delikatną, dobrą i kochającą. I za te, które nieźle policzkują.

William podniósł swoją szklankę. Z lekko drwiącym spojrzeniem powtórzył:

— Za kobiety — I wypił swoje whisky jednym haustem. Dobrze mu to zrobiło, chociaż się zachłysnął. Spojrzał na Willa. To było dziwne uczucie myśleć: "To jest mój brat".

Will odwzajemnił spojrzenie, które stawało się coraz poważniejsze.

— Dobra, żarty żartami, chłopie, ale przepraszam, że wpakowałem cię w kłopoty z twoją żoną.

— Ona nie jest moją żoną — powiedział William, dodając gorzko: — I nie wydaje mi się już, że kiedykolwiek nią będzie.

— Och, ucisz się, chłopie. Do odważnych świat należy, i takie tam.

— Robisz coś użytecznego czy tylko cytujesz fragmenty literatury? — warknął William.

Will zmierzył go wzrokiem, ale nie był

obrażony.

— A jakże, umiem też robić to — I zasygnalizował panu Nelsonowi, żeby podał mu kolejną rundkę, dodając: — Oczywista, gdybym miał tak samo luksusową edukację co mój młodszy braciszek, prawdopodobnie zrobiłbym ze swoim życiem coś bardziej pożytecznego.

William nagłe się wściekł i gwałtownie zaatakował Willa. Jego pięści już były gotowe.

Will położył na klatce piersiowej Williama uspokajającą dłoń i powiedział cicho:

— Przepraszam, przepraszam, nie miałem tego na myśli. Mogłem tego nie mówić.

Przed nimi postawiono świeże drinki, a William, odpychając od siebie dłoń Willa, ponownie wypił swój trunek jednym haustem. Natychmiast zasygnalizował to barmanowi.

— A jakże, dobry plan. Widać, że jesteś mózgiem rodziny — powiedział Will. — To ja wziąłem ciebie z powrotem do twojego pokoju z tamtego baru, kiedy Bukmacher Jimmy powalił cię na ziemię zamiast mnie. Pomyślałem, że jestem ci to dłużny. Oczywiście, nie tak dużo, jak jestem dłużny Jimmy'emu.

William na niego przeklnął i wyżłopał już trzecią szklankę whisky. Poprosił o kolejną. Jego policzek dalej piekł po nacisku dłoni Dottie. Postanowił więc, że będzie pił, aż ból zelżeje, a potem miał zamiar powiedzieć jej, co myślał o tym, co właśnie zrobiła.

Wytłumaczył to Willowi, który odpowiedział kolejnym, rubasznym klepnięciem po ramieniu i powiedział:

— A jakże, jakże, kolejny dobry plan. Musimy mówić tym kobietom, co nam zrobiły. Nie tylko one cierpią, prawda? One zdają się myśleć, że my, mężczyźni, w ogóle nie mamy uczuć. Jak ona myśli, że się czuję, hę? No, jestem ciekaw. Idę do więzienia za jakąś błahostkę na dwanaście miesięcy, a potem wychodzę i znajduję moją kobietę, miłość mojego życia, poślubioną z innym facetem! Moje serce złamane, ale czy ją to obchodzi? Guzik ją to obchodzi, mniej niż ten gówniany guzik. I co, i to jej jest teraz przykro? — Podniósł głos. — Hej, barman, kolejna rundka dla mnie i mojego brata!

Peter Nelson stał przed nimi z założonymi na piersi rękoma.

— Ani kropli więcej, dopóki nie zobaczę pieniędzy na mojej ladzie.

Will i William spojrzeli na barmana, a potem na siebie. Zaczęli się śmiać, podpierając się jeden na drugim. Barman westchnął. To będzie długi wieczór.

W swoim pokoju Dottie nadal cicho łkała, kiedy usłyszała pukanie do jej drzwi.

To nie mógł być William, on nigdy nie zapukałby tak cicho, a zresztą, biorąc pod uwagę humor w jakim był ostatnim razem, kiedy się z nim widziała, prawdopodobnie byłby bardziej skłonny wykopać drzwi z zawiasów. Przetarła policzki swoją chusteczką i wstała, by zobaczyć, kto to.

Ujrzała drobną, szczupłą kobietę o falowanych, rudych włosach ułożonych w luźnego koka. Urocze kosmyki umykały i zwisały wokół jej szyi. Zanim Dottie miała szansę, by coś powiedzieć, kobieta krzyknęła w potężny sposób, co przeczyło jej filigranowej posturze.

— Trzymaj się zdala od mojego faceta! Jesteś w sąsiedztwie nawet nie dwie minuty i już się za nim uganiasz! Co z ciebie za kobieta? Tak zabierać faceta innych ko...

Jednak w tym momencie, potężny głos, który

wspierał ją do tego czasu, opadł i ugrzązł w jej gardle. Jej oczy wypełniły się łzami.

Dottie rozejrzała się po korytarzu, po czym pociągnęła kobietę za ramię i wprowadziła do pokoju, zamykając drzwi.

— Nie mam pojęcia, o czym do mnie mówisz — syknęła bez ogródek. — Mam wystarczająco dużo problemów z moim facetem i nie mam czasu zajmować się twoimi.

— Czy to William Hardy? —Kobieta patrzyła na nią w osobliwy sposób. Dottie wiedziała, że w jej oczach również widać było łzy. Kobiecie nie umknęły zaczerwienione oczy Dottie oraz chusteczka w jej ręku. Jednak na wspomnienie tego imienia, Dottie poczuła napływający do jej wnętrza chłód.

— Co jeśli to on? — zapytała. — A zresztą, co ty masz do tego? Jesteś przecież żoną tego olbrzymiego faceta z baru po drugiej stronie ulicy.

Kobieta skinęła głową. Jej oczy były pełne bólu. Wykręcała swoje palce na brzegu fartucha.

— A jakże, zgadza się. Jestem żoną Dużego Billy'ego McHugh na dobre i na złe według przysiąg małżeńskich, a przez ostatnie sześć miesięcy było tylko źle. Byłam głupia, że za niego wyszłam, ale chciałam się po prostu czuć... bezpieczna. Nigdy w życiu nie byłam mniej bezpieczna, niż kiedy jestem z nim. Jest niezwykle szybki ze swoimi pięściami i z paskiem. Jednak Will, on nigdy nie jest tam, gdzie być powinien, i nigdy nie robi tego, co powinien robić. Nie możesz na nim polegać. A mimo to, kocham go.

Usiadły na przeciwstawnych stronach łóżka, wpatrując się w siebie. Głowa Dottie trzymała w sobie setki pytań. Najpierw zadała pierwsze, najbardziej na nią naciskające:

— Ale jak ty go w ogóle znasz?

— Poznałam go, kiedy przyszedł do baru. Wtedy byłam zwyczajną barmanką. Ale po tym, co się stało, on nie jest tam już mile widziany. Mój mąż naprawdę go nienawidzi. Boję się, że jeśli kiedyś go złapie, zabije Willa. Tylko, że ja nie mogę tak od niego odejść, on jest jedyną dobrą rzeczą w moim życiu. Kiedy nie mdleje od alkoholu i kiedy nie ma go w więzieniu.

— Ale ja nie rozumiem, jak to może być... — Dottie była skołowana. Czy one rzeczywiście rozmawiały o tym samym mężczyźnie? — On dopiero co przyjechał tutaj z Londynu kilka dni temu. Był w Londynie od lat.

Tym razem to kobieta zaczęła się w nią wpatrywać. Pokręciła głową, próbując zrozumieć sens słów Dottie.

— Nie. Jedyny mężczyzna, który przyjechał tutaj w ostatnich dniach z Londynu, o którym słyszałam, to ten cały policjant, który dostał przez przypadek w twarz.

Dottie ogarnęła ulga. Nagle wszystko zaczęło mieć sens. Nie była stuprocentowo pewna, ale już prawie wszystko wiedziała, a jej pewność siebie zaczęła do niej powracać. Musiała się po prostu upewnić.

— Ten policjant z Londynu — powiedziała Dottie. — Ty go w ogóle widziałaś?

Kobieta pokręciła głową.

— Nie, tylko słyszałam, że przyjechał. Nie widziałam go na oczy. Ale Duży Billy mówi, że facet dostał w twarz, kiedy wszedł do baru.

— Jego imię — powiedziała Dottie — to William Hardy. To mój William Hardy. A przynajmniej był mój do czasu, aż pół godziny temu go spoliczkowałam. Wątpię, że kiedykolwiek jeszcze się do mnie po tym odezwie.

— Will...? — Kobieta nadal intensywnie wpatrywała się w Dottie, a jej oczy były szeroko otwarte, kiedy przetwarzała to, co Dottie właśnie powiedziała. — Polcjant z Londynu nazywa się William Hardy?

— Tak, właśnie to powiedziałam.

— I on jest twoim mężczyzną?

— Cóż... w pewnym sensie... tak, powiedzmy, że tak.

— I nie próbujesz odebrać mi mojego Willa Hardy'ego?

Dottie znów była skołowana.

— Ale twój mężczyzna, to znaczy, twój mąż to Billy McHugh. Prawda?

— Nie. Jestem żoną Billy'ego McHugh, ale kocham Willa Hardy'ego. Will to mój mężczyzna.

Dottie czuła, że to nie był moment na tłumaczenie jej, że to był prawdopodobnie jeden i ten sam mężczyzna, którego poślubiła i którego kochała.

— Cóż, ja kocham mojego Williama Hardy'ego z Londynu, nie twojego Willa Hardy'ego, a... — Dottie przerwała i przez chwilę zastanawiała się nad tym, co właśnie powiedziała. — O matko, chyba właśnie... — Chwyciła swoją chusteczkę i jeszcze raz przetarła swoją twarz. Po chwili powiedziała: — Chodzi o to, że właśnie go nieźle spoliczkowałam, a to dlatego, że przez przypadek usłyszałam, jak ktoś na zewnątrz mówił i się śmiał, jak to uderzył w twarz Williama Hardy'ego za to, że ten ganiał za jego żoną. I myślałam... Myślałam...

Zamilkła. Spojrzała na swoje dłonie, koncentrując się na opłakanym stanie jej paznokci, i przygryzła wargę, by powstrzymać się od drżenia. Jeśli zignoruje emocje, może uda jej się ominąć kolejny wybuch płaczu. Popełniła okropny błąd, teraz to było jasne. To nie był on, tylko ktoś inny. Dobrze to teraz wiedzieć. To nie jej William gonił za zamężną kobietą, nie mogąc się opamiętać.

A ona i tak go spoliczkowała.

— Jestem Anna. Anna McHugh. A moim mężczyzną jest definitywnie Will Hardy. Nienawidzi, kiedy się go nazywa Williamem. Mieszka tu od lat, chociaż tyle razy mówił, że się stąd wyniesie. Ale tak między nami, niedługo będzie musiał wyjechać, bo jeśli nie, prawdopodobnie resztę swoich dni spędzi za kratami albo go powieszą, bo chcą go teraz złapać za to morderstwo w tym dużym domu — Spojrzała na Dottie. — Dwóch mężczyzn i to samo imię i nazwisko. To dosyć niespotykane.

Dottie westchnęła.

— Tak, masz rację. Jednak ma to swoje proste wytłumaczenie. Rozumiesz, ja myślę, że oni są braćmi. Właściwie, przyrodnimi braćmi. Ten z Londynu został tu przysłany, by odnaleźć tego ze Szkocji, ale wydaje mi się, że nie zdawał sobie z tego sprawy do dzisiaj. Wiem, że brzmi to trochę enigmatyczne. Znałam matkę twojego Willa, dlatego zgodziłam się, żeby tutaj przyjechać i go znaleźć, by dać mu znać, że ona już nie żyje i poprosić, by skontaktował się z adwokatem. Widzisz, mój William i ja, każdy z nas znał tylko połowę tej sprawy. Prawdopodobnie, żebyśmy pracowali ze sobą, i być może, byśmy się w sobie zakochali. Jednak, póki co, to katastrofa.

Anna również westchnęła.

— Mojego Willa trudno wytropić. Zawsze próbuje być jeden krok ponad prawem, tak to wygląda. I krok przed moim mężem. Willowi łatwo jest wplątywać się w tarapaty. Zawsze ma jakieś kłopoty. Jeśli nie będzie ostrożny... — Anna spojrzała na Dottie. Było to głębokie, wartościujące spojrzenie, jakby chciała ją w jakiś sposób ocenić.

Dottie odpowiedziała swoim własnym spojrzeniem.

Anna skinęła głową. Podjęła decyzję.

— Pomożesz mi? Obawiam się, że tym razem wpadł w spore kłopoty. Nie chcę, żeby poszedł do więzienia. Jeśli go za to powieszą, dla mnie to też będzie śmierć. Och, wiem, że dopuścił się kłusownictwa, i że ma trochę lepkie ręce, ale tak naprawdę nigdy nie był złym człowiekiem. Nigdy by nikogo nie zranił, ani nie popełniłby żadnego przestępstwa.

Znów, Dottie nie widziała sensu w tłumaczeniu jej, że kłusownictwo i kradzież są przestępstwem. Ewidentnie, w cokolwiek zaangażowany był ten cały Will, Anna była zdeterminowana, by zachować swoje obiecujące perspektywy. Wydawało się też jasne, że Anna była bardzo zmartwiona.

— Możesz mi powiedzieć, co tylko chcesz — odparła Dottie. — I jeśli będę mogła jakoś pomóc, obiecuję, że to zrobię.

*

Dzień Szósty: Niedziela

William Hardy nie pamiętał momentu, w którym zeszłej nocy kładł się do łóżka, a oceniając po pulsującym bólu jego głowy, była tego istotna przyczyna.

Jego ciało bolało, oczy piekły, a usta były suche, jak przysłowiowy pieprz.

Powoli, z najwyższą ostrożnością, wygrzebał się z łóżka do pozycji siedzącej. Wydawało się to być niezwykłym osiągnięciem, kręciło mu się w głowie od wysiłku. Pulsowanie przybrało na sile. Potrzebował dużej szklanki zimnej wody.

Wysilając swój mózg, przypomniał sobie, że łazienka znajdowała się przecież na końcu korytarza, po lewej stronie. Po paru chwilach próbowania przygotowania się do podróży, przekręcił swoje nogi na podłogę, starając się wstać. Jego stopa napotkała coś miękkiego. Spojrzawszy w dół, ujrzał swojego przyrodniego brata leżącego na plecach na podłodze z płaszczem zwiniętym pod głową jako poduszka.

To nowe odkrycie wytłumaczyło mu jeszcze coś. Okropny hałas chrapania, który go ogłuszał, i który do teraz brał za część kaca... Ostatecznie, były to zwyczajnie dźwięki, wydawane przez pijanego brata śpiącego w tym samym pokoju.

William powłóczył nogami wzdłuż łóżka, położył obie stopy na wytartym dywanie, i trzymając się słupka łóżka, powoli podniósł się na nogi. Robiąc to, praktycznie potrącił brązową kopertę leżącą na jego walizce na komodzie. Udało mu się ją chwycić i z powrotem położyć na stercie ubrań, które Dottie tak schludnie złożyła.

Zatoczył się. Przez krótki czas nie był przekonany, czy jest w stanie w ogóle chodzić, jednak potem jego brat głośno beknął, a potrzeba zmusiła Williama do opuszczenia pokoju, pójścia wzdłuż korytarza i wejścia do łazienki w znacznie szybszym tempie niż zwykle.

Dziesięć minut później, kiedy już oblał swoją głowę dzbankiem lodowatej wody i wypił podobną ilość ze szklanki do mycia zębów, wyszedł do holu, wciąż trzęsąc się, a jednocześnie czując się odrobinę bardziej jak człowiek.

Pierwsza osoba, jaką spotkał, to Dottie Manderson. Jej wykrzywione usta w uśmiechu, kiedy spojrzała na jego zaniedbany wygląd, powiedziały mu wszystko, co tylko chciał wiedzieć. Jego rozum był zbyt tępy, by sformułować jakieś wytłumaczeie lub przeprosiny. Wymamrotał coś niezrozumiałego i z powrotem powlókł się do pokoju.

Który teraz był pusty.

Na łóżku leżał podarty skrawek papieru. Zadziwiająco schludnym charakterem Will napisał:

„Spotkajmy się na Polu Masona, 11 wieczorem, dziś, a ja podpiszę dla ciebie ten papier. Mam przed tym do zrobienia parę rzeczy"

Pamiętał gdzieś za mgłą, że w pewnym momencie opowiedział swojemu bratu całą historię. Poszli do jego pokoju z butelką, a on chciał, żeby Will podpisał papier w tamtym momencie. Pamiętał, jak szperał w dużej kopercie, szukając tej mniejszej, praktycznie wyrzucając wszędzie pieniądze, a potem przypomniał sobie, że papier był przez cały czas w jego kieszeni, z jakiegoś powodu zmięty i wytarty.

Jednak Will powiedział, że chciał się z tym przespać, chociaż najwyraźniej od tamtego czasu podjął już decyzję. Miejsce to wydawało się dziwne na poznanie się, ale Williama to nie obchodziło. Will Hardy podpisze ten papier, a William Hardy będzie mógł wrócić do Londynu i zanieść dokument panu Brayowi, po czym będzie domagał się swoich 250 funtów. Tylko to liczyło się dla niego w tym momencie.

To i pójście spać. Naprawdę nie czuł się najlepiej.

Godzinę później William Hardy został zawołany do telefonu. Godzinna drzemka niespecjalnie pomogła mu pozbierać się po wczorajszej nocy, dlatego był wdzięczny, że Maple go nie widział. Najpierw była wymiana grzeczności, a potem przeszli do rzeczy.

— Znalazłem informacje, o które prosiłeś — powiedział Maple. — Chociaż powiem ci, że nie było to proste. Wygląda na to, że pan Denholme był przyjacielem kogoś z szefostwa, rozmawiał ze swoim przyjacielem o tym, co się działo w Szkocji, i poprosił go o pomoc. Potem, w skrócie, kiedy zastępca komendanta dowiedział się, że ty tam jedziesz, postanowił, że mógłbyś złożyć mu przysługę. Dwie pieczenie na jednym ogniu. Zawiadomienie jest na twoim biurku. Najwyraźniej zapomnieli, że skoro wyjeżdżasz, nie będzie cię w gabinecie, żeby odebrać wiadomość.

Hardy przeklął pod nosem.

— Dzięki, Frank. Przynajmniej to tłumaczy coś, co mnie martwiło. To wszystko, czego teraz potrzebuję.

— Wygląda na to, że ten twój koleś dokonał paru szemranych inwestycji, a ostatnio stracił sporo pieniędzy. Wciskał kit wielu ludziom, obiecując szybką zapłatę. To może ci się przydać. Zastępca komendanta powiedział, że chce zamienić z tobą słowo w przyszłym tygodniu, chce wiedzieć, co się tam wydarzyło.

— My wszyscy chcemy to wiedzieć — powiedział Hardy z uczuciem.

— Kolejna sprawa, nie wiem, czy ci się to na coś przyda. Z racji, że o morderstwie poinformowano w naszych gazetach, jakiś gość przyszedł do recepcji i zostawił wiadomość dla „Kogokolwiek, kto prowadzi dochodzenie w sprawie śmierci Howarda Denholme'a", więc przekazano je mi.

Hardy zamienił się w słuch.

— Kontynuuj.

— Powiedział, że był wynajęty przez pana Denholme'a, by śledził jego żonę.

Hardy wypuścił niski gwizd.

— Powiedziano mi, że kobieta ta nigdy nie wychodzi ze względu na uciążliwe obowiązki domowe oraz agresywnego męża.

— Hmm... Poza konsultacją z lekarzem drobnych problemów ze zdrowiem. Ale nie chodziła do lekarza. Ten mężczyzna był prywatnym detektywem i śledził ją przez trzy miesiące. Wygląda na to, że raz w miesiącu widziała się z jakimś konkretnym oskarżycielem publicznym na zabawy i igraszki w małym, dyskretnym i bardzo drogim hotelu w Edynburgu. Obiecał, że wywoła kolejny zestaw zdjęć, które wysłał panu Denholme'owi dwa tygodnie temu, i je nam przyniesie.

Teraz wszystko to zgodnie układało się w głowie Hardy'ego. Niczego więcej w tym nie było, dlatego Hardy, z jawnym poczuciem triumfu, podziękował mu i się pożegnał.

Dottie myślała o tym, jak wysoka frekwencja była na porannej mszy w kościele. Całe szczęście, wzięła ze sobą elegancką spódnicę i płaszcz. Na zewnątrz świeciło słońce, ale w tym ciemnym, kamiennym kościele było lodowato.

Nie była ani trochę zdzwiona, nie widząc w kościele pani Denholme z dziećmi. Wymieniła się uśmiechami i skinięciami głowy z kamerdynerem i jego żoną, oraz z młodą służącą. Na końcu mszy, Dottie wypatrzyła Annę McHugh siedzącą w ławce kościelnej w tylnej części kościoła. Czekała, podczas gdy Anna rozmawiała z paroma osobami, zanim podeszła do Dottie.

— Chodźmy gdzieś i porozmawiajmy — powiedziała Dottie. — Jest parę rzeczy, które chciałabym ci powiedzieć.

Usiadły na ławce w rogu cmentarza. Poruszona Anna nie pozwoliła Dottie nawet się odezwać, tylko od razu zaczęła mówić.

— On nie ma żadnego alibi! — Stłumiła szloch. Sto jardów od nich, mała grupa osób czekała z poważaniem przy grobie, kiedy starsza kobieta złożyła na nim kwiaty. Anna kontynuowała: — Normalnie, zawsze byłby ze mną, ale Duży Billy był tak wściekły... Cóż, teraz już wie, co się działo, a to dzięki temu, że ostatnio Will powiedział o mnie policji, kiedy aresztowano go za kłusownictwo. Teraz Duży Billy obserwuje mnie jak jastrząb. Wie, że byłam w kuchni przez cały wieczór, robiłam jedzenie dla klientów, więc nie mogę sobie czegoś tak po prostu wymyślić.

— Will nie ma alibi? — powtórzyła Dottie. Pogrążyła się w myślach. Anna chwyciła się kurczowo jej ramienia.

— Nigdy by nikogo nie zabił. Nie zrobiłby czegoś takiego. To znaczy, wiem, że jest zły, ale...

— Wiem —Dottie poklepała ją po dłoni. — Coś wymyślimy. Wiesz, gdzie można go znaleźć? Muszę z nim porozmawiać. To pilne.

Anna spiorunowała ją zaciekawionym wzrokiem, ale zwyczajnie skinęła głową i powiedziała:

— A jakże, wiem, gdzie jest. Pójdziemy tam teraz?

— Tak, chodźmy — powiedziała zdecydowanie Dottie. Nadszedł czas, by przedstawiła się synowi pani Carmichael.

Ale jego tam nie było. Nie było go w żadnym z jego ulubionych miejsc, a Dottie, podobnie jak Anna, zaczęła się martwić, że schwytała go policja. Poszła z powrotem do gospody, by poszukać Williama.

Znalazła go, kiedy wychodził ze swojego pokoju. Wyglądał blado, ale znacznie lepiej, niż kiedy widziała go wcześniej rano. Zaproponował, żeby pojechali do Edynburga na lunch. Niewiele rozmawiali w trakcie jazdy. Dottie planowała, co chce mu powiedzieć, i zastanawiała się nad najlepszym sposobem, by to zrobić. Jeśli zastanowiłaby się nad jego milczeniem, to mogłaby się zdziwić, gdyby się dowiedziała, że on robił dokładnie to samo. Oboje cieszyli się, że mogli spędzić czas na swego rodzaju neutralnym terytorium.

Restauracja hotelowa była pełna, ale znalazło

się miejsce dla jeszcze dwóch gości przy małym, odległym stoliku. W tym całym zgiełku rozmów oraz wchodzącego i wychodzącego personelu, byli praktycznie tak odseparowani od reszty, jakby znajdowali się na bezludnej wyspie. Zamówili jedzenie i z rezerwą się sobie przyglądali.

— Zarezerwowałem miejsce w pociągu do Londynu na jutro o dziesiątej rano —powiedział wstępnie William. Dottie się tego nie spodziewała.

— Och — Pomyślała przez chwilę, po czym powiedziała: — W takim razie, ja też pewnie mogłabym jutro pojechać. Niewiele więcej mogę tu zrobić. Zadzwonię i zarezerwuję miejsce, kiedy wrócimy do „Octu".

— Ja mogę to zrobić — odparł.

— Nie trzeba, William, ja mogę to zrobić. Ale dziękuję. Musisz mi powiedzieć, jaki jest numer twojego siedzenia.

Pojawił się kelner, by nalać im wina. Rozpoczęła się skomplikowana procedura, podczas której William próbował wina, a potem zatwierdzał jego rocznik. *Co by się stało* — pomyślała Dottie — *gdyby wszyscy zaczęli nagle odsyłać z powrotem ich wino?* Prawie nikt tego nie robił. Brano za pewnik, że wino będzie dobre. Kelner zdawał się nie zważać na napięta atmosferę przy ich stoliku.

— Chciałabym, żebyś kogoś spotkał — powiedziała, jak tylko kelener odszedł. William od razu pokręcił głową. Ona delikatnie się zaśmiała i położyła dłoń na jego ramieniu. — Głuptasie! Nawet nie wiesz, kogo chcę, żebyś spotkał.

— Podejrzewam, że mojego przyrodniego brata — odparł. — Już go poznałem i nie mam zamiaru więcej się z nim widzieć.

Dottie się mu przyglądała.

— Chyba nie mówisz na poważnie. William, to

twój brat i potrzebuje twojej pomocy.

Posłał jej chłodne spojrzenie, które się jej wcale nie spodobało. Nagle, zdała sobie sprawę, że ich przyjemny posiłek dobiegł końca.

— Nie — powiedział. — On jest obcy. Ledwo go znam. Jestem tu tylko dlatego, że potrzebuję jego podpisu na papierze, który dał mi pan Bray. Dziś wieczorem podpisze dla mnie ten papier. Spotykam się z nim o jedenastej wieczorem. Rano wsiadam w pociąg i wracam do domu. Nie planuję tworzyć z nim jakiejkolwiek więzi. Nic dla mnie nie znaczy. I mam nadzieję, że nadal tak będzie.

Dottie naprawdę miała ochotę oblać go swoim winem, ale zamiast tego, czując się całkiem opanowanie i dojrzale, wstała i powiedziała:

— Przepraszam, William, ale myślę, że powinnam stąd wyjść w tym momencie.

Zanim był w stanie wypowiedzieć choć słowo, ona wyszła z hotelu i zatrzymała taksówkę.

Wszyscy obrócili się, by spojrzeć na Hardy'ego, mężczyznę z osiniaczoną twarzą i jeszcze bardziej osiniaczonym ego. Schował głowę w dłoniach.

Pole Masona nie było polem w zwykłym tego słowa znaczeniu, ale bardziej obszerną, bagnistą pułapką dla kostek nieroztropnych osób, co William Hardy bardzo szybko odkrył. Noc była pochmurna, co jakiś czas mżyło i dmuchał chłodny wiatr. Nie dało się uwierzyć, że do lata brakował tylko miesiąc. Przebrnął z trudem przez pole, przeklinając się, że nie przewidział tej sytuacji i nie wziął kaloszy. Rozglądał się za swoim przyrodnim bratem, a jednocześnie za dziurami.

Teraz przyszło mu do głowy – zdecydowanie zbyt późno – że środek pola o jedenastej w nocy to nie najlepsze miejsce, by oczekiwać od kogoś podpisania dokumentu. Zatrzymał się pod drzewem i przebiegał wzrokiem tę ciemność w poszukiwaniu jakiegokolwiek ruchu. Cienie kołysały się i miotały, kiedy gałęzie drzew huśtały się i falowały w wietrze. Księżyc raz znikał, a raz wychodził zza ciemnych chmur tworzących się na jeszcze ciemniejszym niebie. Rześka ulewa odwróciła jego uwagę. Był zajęty podnoszeniem kołnierza swojego płaszcza, by ochronić się przed deszczem, oraz robieniem kroku w tył, żeby ukryć się w schronieniu drzewa, kiedy nagły, wzrastający ruch w niedalekiej ciemności sprawił, że się wzdrygnął. W tym samym momencie odezwał się niski głos:

— No, nie stój tak, tylko bierz to i biegnij!

Ciężki, chropowaty worek został wepchnięty w jego ramiona, a Hardy, zbyt zdziwiony, by odmówić, chwycił pakunek i pobiegł za upiorną postacią Willa pędzącą przez cienie. Wydawało mu się, że jego przyrodni brat był jakieś dwdzieścia lub trzydzieści stóp przed nim, jednak księżyc postanowił w tym momencie, że znów zniknie, dlatego trudno było być precyzyjnym. Do uszu Williama doszedł wściekły krzyk z tyłu, niesiony na wietrze, co sprawiło, że ten od razu zaczął biec sprintem.

To było jak jakaś gra. Z przodu Will ciągle do niego krzyczał, znikając za bramą, po czym wbiegł na dróżkę. William, czując, że ścigający są już blisko, przedarł się przez bramę, obiegł wygięcie żywopłotu i rzucił się gwałtownie w lewą stronę, w rów. Leżał nieruchomy i próbował uciszyć swój sapiący oddech, kiedy mężczyźni wparowali przez bramę, nie widząc go, a ich stopy były na poziomie jego głowy.

Ogarnęło go szybkie, radosne i młodzieńcze poczucie wygranej. Chciało mu się śmiać. Chciał biec i biec, i biec. Ile czasu minęło, od kiedy biegał dla samej radości z biegania? Czuł, jakby energia dzieciństwa płynęła w nim niczym krew w żyłach, a ekscytacja zdawała się zalewać całe jego istnienie.

Schował worek – z czymkolwiek, co znajdowało się w środku – pod bezładnie rozsianym krzakiem na brzegu rowu i podniósł się, by wejść na ścieżkę. Otrzepał się i wyruszył wzdłuż drogi w tempie leniwego spaceru. Kiedy tak szedł, głośno gwizdał.

Po minucie lub dwóch mężczyźni wrócili biegiem. Jeden z nich oświetlił jego twarz latarką, podczas gdy inny, wywijając strzelbą, domagał się wytłumaczenia, co robił w tym miejscu.

Przedstawił się, całkiem zgodnie z prawdą, jako William Hardy z Londyńskiej Policji Metropolitalnej. Wyciągnął swoją legitymację, a zanim oni skomentowali jego imię i nazwisko, Hardy powiedział im bez ogródek, co sądził o celowaniu w niego strzelbą.

— Przepraszamy, proszę pana, nie wiedzieliśmy. Byliśmy na pościgu za kłusownikiem. Zostawił nas w tyle. Goniliśmy tutaj za nim nawet nie pięć minut temu. A to nawet nie jest nabite — powiedział mężczyzna ze strzelbą, szukając nabojów po kieszeniach. Złamał strzelbę i pokazał Williamowi puste komory.

— Cóż, to raczej mało prawdopodobne, żebym to był ja, prawda? — powiedział William z małym rumieńcem. — W końcu, przyjechałem z Londynu dopiero trzy dni temu.

Przyznali mu tę oczywistą rację i jeszcze raz przeprosili. Jeden z mężczyzn znów rozświetlił twarz Hardy'ego latarką i skinął głową na jego siniaki.

— Żona ci to zrobiła, chłopaczku?

Hardy się uśmiechnął.

— Tak, dokładnie — powiedział.

Zaśmiali się wesoło i poszli w swoją stronę, życząc mu dobrej nocy. Czuł się winny, mimo że jego zaangażowanie było w pełni nieświadome, jednak kiedy wrócił do wioski, nie mógł przestać się śmiać z tego dziecinnego przekrętu. Jego humor był lekki i wesoły.

Kiedy dotarł już do wioski, przestało padać, wiatr przepędził chmury, a księżyc znów świecił, zalewając cały region smużkami srebra. Wyglądało to magicznie, a Hardy cieszył się, że był na zewnątrz, że żył. Mógł tak oddychać, a na ulicy nie było ani jednej żywej duszy. Napawał się nocnym powietrzem, czując przyjemność z chłodu, który przenikał przez jego ciało. Znów zaczął gwizdać, tym razem ciszej.

Kiedy zbliżył się do gospody, zauważył głęboki cień za znakiem, pień czerwonego buku wyglądał zza niego na dwa razy szerszy niż zwykle. Kiedy podszedł bliżej, część cienia jakby się odczepiła i do niego podeszła.

— No, niezły jesteś, muszę przyznać — powiedział Will. — Tylko mi nie mów, że oddałeś im te gęsi.

William się zaśmiał. Will, nawet jeśli był zaskoczony, nic nie powiedział.

William pokręcił głową.

— A więc to było w worku. Nie mogę uwierzyć, że tak mnie zostawiłeś, żeby mnie złapali. Ale nie, na szczęście dla ciebie i dla mnie samego, zachowałem przytomność umysłu. Zostawiłem je dla ciebie. Bardzo łatwo je znajdziesz, o ile nie zrobi tego wcześniej jakiś lis — Wytłumaczył Willowi, gdzie je znaleźć, dodając: — A teraz, jakbyś tylko podpisał mi ten papier, nasz biznes dobiegłby końca.

Teraz była kolej Willa, by się zaśmiać.

— Niczego nie podpisuję — powiedział, obrócił się i odszedł.

William pozwolił mu odejść. Nie był ani zdziwiony, ani zły. Wzruszył ramionami i poszedł z powrotem do „Octu". Ruszył prosto na piętro.

Na zewnątrz, Will stał i palił papierosa przy drodze, pod koroną drzewa, jak to miał w zwyczaju, i obserwował, jak jego brat odchodzi. Był zdziwiony tak łatwą akceptacją jego odmowy. Kiedy wrócił na ścieżkę, do rowu, znalazł worek z dwiema padlinami gęsi, tak jak powiedział jego brat. Nie był pewien, co ma z tym zrobić.

Potem miał się spotkać z Anną. Obiecała, że się wymknie, by spędzić z nim trochę czasu. Usiedli wygodnie w stodole.Było tam łóżko ze starej słomy, pylistej, choć suchej. Kiedy dotarł na miejsce, ona już tam była. Od razu wpadła w jego ramiona, kiedy wypowiedział jej imię.

— Muszę z tobą porozmawiać — powiedziała, odpychając go, kiedy on chciał się zbliżyć po kolejny pocałunek. — Usiądź. To zajmie chwilkę.

— Ja też muszę ci coś powiedzieć. Mam brata — Usłyszał w swoim głosie dumę oraz cichy dźwięk jej śmiechu.

— Wiem o tym! Spotkałam dziewczynę, która go kocha. Wszystko mi opowiedziała. Dlaczego tu są, i tak dalej. Musisz z nim porozmawiać i podpisać dla niego dokument. Możesz domagać się spadku!

Przez minutę lub dwie milczał. Ona go szturchnęła, a on objął ją ramionami, ciągnąc ją ze sobą na słomę.

— Mam z tym tylko dwa problemy — przyznał. — Pierwszy jest taki, że oskarżyciel próbuje mnie przymknąć za morderstwo Howarda Denholme'a.

— Wiem, że nigdy byś tego nie zrobił! — zawołała.

— Nigdy nikogo nie zabiłem i nigdy bym tego nie zrobił, chyba że musiałbym ochronić ciebie lub nasze dzieci.

— Nasze dzieci? — powtórzyła cicho. On ją pocałował.

— Oczywiście, nasze dzieci.

Nastąpiła namiętna przerwa. W końcu, ona go odsunęła i powiedziała:

— A jaki jest drugi problem?

— Wziąłem pieniądze mojego brata. Nie mogę się z nim więcej widzieć.

— Co! — powiedziała sztywno. — Jak mogłeś zrobić coś tak niepoważnego? — Klepnęła go mocno w ramię, najbliższe miejsce w jej zasięgu. — Ty idioto! Gorzej niż idioto! To twój brat!

Schował głowę w jej ramionach.

— Wiem, wiem, po prostu zauważyłem tam kopertę z grubym plikiem banknotów i... — jąknął. — Nie mogłem się powstrzymać. Pomyślałem, że moglibyśmy stąd uciec. Ale teraz... żałuję, że to zrobiłem. Co mogę teraz zrobić?

— Musisz oddać mu pieniądze. To chyba oczywiste, prawda?

— Nie mogę mu spojrzeć...

— Daj mi pieniądze, ja dam je dziewczynie, a ona mu je odda — powiedziała cierpliwie. — Proste.

— Ale...

— Potem podpiszesz ten papier, zaczniesz ubiegać się o spadek i przeczekasz w ukryciu, aż złapią prawdziwego mordercę.

— A jakże, cóż, prawdziwego mordercę złapią tylko w przypadku, jeśli najpierw zaczną szukać żebraka.

Posterunkowy Forbes siedział wygodnie z plecami mocno wciśniętymi w pień drzewa i wyciągnął swój termos z herbatą wzmocnioną czymś specjalnym. Nalał sobie trochę gorącego napoju. Lato było już blisko, jednak o każdej porze roku normalne było, że w nocy w głąb lądu wiała od morza chłodna bryza. Herbata była zbyt gorąca, by od razu się jej napić, ale on wiedział, że Hardy i Anna McHugh będą jeszcze przez chwilę zajęci, dlatego miał sporo czasu. Odwinął swoje kanapki i ugryzł duży kawałek jednej z nich, która w środku miała wołowinę i plasterki surowej cebuli, co niesamowicie trafiło w jego wdzięczne kubki smakowe.

Nie miał nic przeciwko byciu na służbie w nocy, jeśli oznaczało to siedzenie gdzieś po cichu na miłym pikniku. Chciał pomóc inspektorowi Hardy'emu, dlatego miał na oku młodego Willa. Jeśli ktokolwiek spróbuje aresztować tego wałkonia, on miał natychmiast dać o tym znać Anglikowi. Z racji, że inspektor z Londynu przyjechał parę dni temu, doświadczenie Forbes'a w policji drastycznie uległo zmianie. Teraz było pełne wielkomiejskich przestępstw, dlatego właśnie „siedział na ogonie" podejrzanych, by donieść o ich miejscu pobytu. Może nawet zastanowi się nad przeniesieniem się do bardziej zajętej komendy policji i rzeczywiście zacznie być policjantem. Życie nagle było pełne ekscytujących możliwości. Oraz herbaty i kanapek.

W gospodzie, na półpiętrze, zaraz przy pokojach gości, William stanął twarzą w twarz z Dottie. Nadal wyglądała blado i smutno. Jedyne, co powiedziała, to:

— Znów gdzieś byłeś? — Jej głos był raczej bezceremonialny.

— Tak. Miałem ochotę na spacer.

— Podobno wiejskie powietrze pomaga zasnąć — Brzmiała wyniośle, ale nadal była dla Hardy'ego tak samo urocza.

Widać było, że nadal była na niego wściekła. On był jednak zbyt zmęczony, by z nią walczyć. Zamiast tego uśmiechnął się do niej delikatnie i zwyczajnie powiedział:

— Racja, bardzo rześkie. Przyjemna odmiana od Londynu — Skoro ona mogła się tak zachowywać, to on również.

— Dlaczego masz błoto na płaszczu?

Odwrócił się, by spojrzeć w dół na swój rękaw.

— Och. Cóż, nie znam za dobrze miejscowych dróg i, niestety, wpadłem w rów.

— Dobrze! — Obróciła się i odeszła. Była bardzo zirytowana, słysząc, jak William po cichu się za nią śmieje. Trzasnęła za sobą drzwiami i na dodatek zamknęła je na klucz. Potem przyciągnęła krzesło do drzwi, mimo że wiedziała, że było to absurdalne. Jej działanie nie uspokoiło kłębiących się w niej emocji.

Wrócił do pokoju, by wziąć upragnioną kąpiel. Najpierw nie widział niczego podejrzanego, jednak później odłożył brązową kopertę od pana Braya, by sięgnąć po rzeczy do kąpieli, i zauważył, że ta była pusta. Pieniądzy – jego 250 funtów – już tam nie było. I dokładnie wiedział, kto je wziął.

Godzinę później Dottie otworzyła drzwi, do których ktoś zapukał, po części licząc, że będzie to William. Miała na dzieję, że przyjdzie, by się z nią pogodzić. Ale to nie był on. W drzwiach stała Anna wyglądająca na zdenerwowaną, a obok niej był mężczyzna, którego Dottie miała spotkać w Szkocji.

Było to osobliwe uczucie patrzeć w oczy mężczyźnie, którego twarz tak dobrze znała, a jednak widzieć, że on spogląda na nią niczym obcy. Cofnęła się o krok i zaprosiła ich do pokoju.

Wyciągnęła rękę, by uścisnąć jego dłoń, ale zamiast tego on chwycił jej dłoń w swoje ręce i uniósł ją do ust. Jego oczy uśmiechały się do niej.

— Moja przyjemność — powiedział i nawet w

tych dwóch słowach szkocki akcent był bardzo wyczuwalny.

Dottie opuściła dłoń, podniosła brew na spoglądającą spode łba Annę i powiedziała trochę zbyt otwarcie:

— Widzę, że masz z nim pełne ręce roboty.

— A jakże, przecież wiem! — Anna poklepała go po ramieniu. On się zaśmiał, wcale niezmartwiony. Dottie pokręciła głową. Był tak podobny do Williama, że ledwie była w stanie uwierzyć, że to nie był on. Jego ubrania były inne, jego włosy potrzebowały ostrzyżenia, ale miały ten sam jasny odcień. Jego oczy, jego wzrost, jego budowa. Nawet tembr jego głosu. To był William. Tylko, że nie jej William.

Odłożywszy swoje myśli na bok, używając jak najmniejszej ilości słów, Dottie opowiedziała mu, jakie wieści przynosi mu z tak daleka.

On skinął głową, ale nic nie powiedział. Nadal opierał się o ramę okna, wyglądając na zewnątrz. Już to wcześniej słyszał.

— Więc, co to za spadek? — zapytała Anna podekscytowanym głosem.

— Niestety, nie wiem — powiedziała Dottie. Zapisała kawałek papieru i podała go Annie. — To jest adres pana Braya w Londynie. Musicie się z nim skontaktować, a on powie wam całą resztę.

— Policjant ma dla mnie jakiś papier do podpisania. Żebym mógł otrzymać spadek. Powiedziałem, że to zrobię, ale zmieniłem zdanie — powiedział przez ramię Will.

Dottie bolało, że odnosił się do jej Williama w taki sposób. Spojrzała z ukosa na Annę, domagając się wyjaśnień.

— On chce ci coś powiedzieć. Zrobił coś głupiego. Jak zwykle.

Will ani się nie ruszył, ani nie odezwał. Anna delikatnie podniosła głos.

— Prawda? — powiedziała i obróciła się do Dottie. — Dąsa się jak jakaś mała dziewczynka.

Dottie patrzyła na nich oboje i czekała. Po paru sekundach, z westchnieniem, Will się obrócił, a Dottie widziała, że do jego oczu napłynęły łzy. Wyciągnął z kieszeni nie za czystą chusteczkę i wręczył ją Dottie.

— Nigdy się już do mnie nie odezwie. Wziąłem to z jego pokoju dziś rano. Mój własny brat. Ukradłem pieniądze mojego brata.

Dottie odwinęła chusteczkę i zobaczyła nieschludną stertę banknotów.

— To proste — powiedziała Dottie. — Podpisz ten papier, a podczas gdy ty będziesz to robił, ja odłożę pieniądzę w jego pokoju z wiadomością. Jutro rano wraca do Londynu, ja też. Ten kawałek papieru to jedyne, po co tutaj przyjechał – adwokat go tutaj przysłał, żebyście obaj się poznali. Podejrzewam, że pan Bray myślał, że się jakoś dogadacie, że będziecie jak prawdziwi bracia. Jednak wygląda na to, że było to po prostu pobożne życzenie. Nie da się zmusić ludzi do polubienia się nawzajem. On jednak przyjechał tutaj ten kawał i dostał dwa razy w twarz zamiast ciebie. Próbował też znaleźć osobę, która zabiła tego pana Denholme'a, dlatego jedyne, co możesz zrobić dla siebie i dla niego, to podpisać ten cholerny papier.

Z wymuszonym szacunkiem Will szybko napisał to, co ona mu podyktowała, i podpisał papier swoim zawijasem. Dottie dopisała datę oraz swój własny podpis jako świadka. Odłożyła dokument bezpiecznie do swojej torebki.

— A teraz twoja wiadomość do Williama — powiedziała, a jej ton nie ścierpiałby już odmowy. —

Jesteś mu winny choć to.

Napisał wiadomość, w której wspomniał nieprzyjemne dla niego fakty: Wziął pieniądze. Nie powinien był. Było mu przykro. Oddał je.

— Dobrze — powiedziała. Otworzyła łączące drzwi, po czym otwarła drzwi ze strony Williama. Weszła do środka, położyła pakunek z pieniędzmi oraz wiadomość z przeprosinami na jego łóżku, po czym wyszła.

Spojrzała na Annę i Willa.

— Widzicie? Proste.

*

Dzień Siódmy: Poniedziałek

Teren jednak nie był pusty.

Will Hardy wyszedł ze stodoły i przeszedł na palcach zaraz obok śpiącego posterunkowego Forbes'a. Will zastanawiał się, czy nie dać mu delikatnego kopniaka na pobudkę. Mężczyzna siedział tam całą noc, z pewnością ścierpnęła już mu szyja.

Przejście obok posterunkowego wydawało się być niezłym żartem, jednak prawie natychmiast Will się zatrzymał, kiedy usłyszał odgłos nadjeżdżającego pojazdu. Był to radiowóz. To musiała być policja z Edynburga. Ukrył się za drzewem, o które opierał się Forbes, licząc, że kierowca i pasażerowie go nie zauważyli. Posterunkowy rozciągnął się, ziewnął i wstał na nogi. Zamienił parę słów z mężczyznami w samochodzie i udzielono mu ostrej reprymendy za swój wysiłek. Poszedł po swój rower, by pojechać z powrotem na komendę.

Jak tylko auto zniknęło z zasięgu wzroku, nie będąc pewnym, gdzie iść, Will ruszył w stronę Pola Masona, nieświadomy, że Forbes widział, jak ten odchodzi.

Godzinę później Will obserwował okolicę, czając się we wrzosach. Patrzył, jak pojawił się William, który potem stanął, rozglądając się za nim, i podniósł rękę do oczu, by ochronić je przed marnym, acz nieustępliwym światłem słonecznym.

Will był całkiem pewien, że miejsce, w którym się znajdował, było bezpieczne. Przynajmniej jego brat był sam. To oznaczało, że nie wydał go ludziom z Edynburga – jeszcze. Był przekonany, że William nie będzie próbował go szukać. Otoczony rozległym wrzosowiskiem, z każdej strony musiałby stawić czoła tej samej perspektywie rozciągającej się w kierunku horyzontu. Gdzie można by zatem zacząć? Ten pejzaż był zbyt rozciągnięty, za dużo tu było zakątków i szczelin, zbyt wiele wrzosów i skał, by jeden mężczyzna rozpoczął poszukiwania. Tak długo, jak Will zostanie w jednym miejscu, z pewnością będzie bezpieczny, mimo że był już tak blisko rzucenia w Williama kamykiem. Jeśli cierpliwie poczeka, William się podda i odejdzie.

Zdziwiło go, że William zaczął mówić. Nie krzyczał. Nie, podniósł swój głos tylko odrobinę ponad jego normalny ton. To zaskoczyło Willa. A więc jego przyrodni brat wiedział, że był on gdzieś blisko, w zasięgu ręki. Will się do siebie uśmiechnął. Jego brat był bystry, to na pewno. Podziwiał to. Słuchał go, a jednocześnie był coraz mniej pewny, że jego kryjówka jest bezpieczna, tak jak myślał na początku.

— Wiem, że tam jesteś. Wiem, że mnie słyszysz. Chciałem tylko powiedzieć, że wracam do Londynu. Wsiadam w autobus na rozdrożu. Zostawiam tutaj wynajęty samochód. Będziesz go potrzebował, żeby uciec przed policją z Edynburga. Nie będę cię ścigał.

Niech wszyscy myślą, że mnie obezwładniłeś i wziąłeś auto. Nadal będę się starał udowodnić twoją niewinność, a w tym czasie ty będziesz musiał wyjechać gdzieś za granicę, ty i Anna. Zacznijcie wszystko od nowa, z moim błogosławieństwem. Wiem, że się różnimy, ale, ostatecznie, jesteśmy braćmi. W... Właściwie, to cieszę się, że miałem okazję trochę cię poznać. Jeśli kiedykolwiek będziesz czegoś potrzebował, możesz mnie znaleźć przez pana Braya. Tylko – proszę – daj mi znać, kiedy już bezpiecznie dotrzesz do, cóż, gdziekolwiek się wybierasz i... em... Udanej podróży.

Nastąpiła długa pauza, zanim William się obrócił i z powrotem odszedł ścieżką, zatrzymując się na chwilę, by wziąć z samochodu swoją walizkę. Potem niezachwianie poszedł w dół wzgórza, w kierunku rozdroża, na przystanek autobusowy.

Will wstał i obserwował, jak jego brat odchodził. Gdyby William w tamtym momencie się obrócił, widziałby go tam stojącego, przecież nie mógł tej okazji zaprzepaścić. Ale on się nie obrócił, a Will na niego patrzył, aż w końcu zakręt w krajobrazie sprawił, że jego brat zniknął z zasięgu wzroku. Will miał ściśnięte gardło i szalenie chciał za nim pobiec, ale się opamiętał i ruszył w kierunku auta, wdrapując się na skały i kępy wrzosów, a potem ześlizgując się z nich, aż w końcu dotarł do samochodu.

Rozejrzał się wokół siebie, sprawdzając, czy czasem William lub ktokolwiek inny nie był w pobliżu. Zajrzał do auta. Na tylnym siedzeniu znajdowała się duża, brązowa koperta. To również go zaskoczyło, ponieważ wydawało mu się, że William nie jest typem roztrzepanej osoby. Otworzywszy tylne drzwi i ostrożnie pochyliwszy się do środka, by nie uderzyć się w głowę, podniósł kopertę i spojrzał do środka. Wydał niski gwizd, stłumił śmiech i pospiesznie zamknął klapę, po czym odłożył kopertę na podłogę samochodu, pod jego płaszczem.

To była zbyt dobra okazja, by ją zmarnować. Otworzył szarpnięciem drzwi i wskoczył na miejsce kierowcy. Odpalił auto. Prowadził go powoli w dół wzgórza, po niepewnej nawierzchni, a potem trochę się rozpędził, kiedy wyjechał na lepszą drogę.

Z pewnością Will wciąż wędrował do przystanku. Co, gdyby się teraz zatrzymał i zaproponował mu podwózkę? Przez sekundę już prawie się zatrzymał, rozbawiony na myśl o tym pomyśle. Był jednak niezdecydowany, a zanim cokolwiek postanowił, już przejeżdżał obok Williama. Widział, jak William zrobił półobrót, by spojrzeć na samochód, jednak Will odwrócił głowę, by nie spotkać się z oczami brata. Na rozdrożu Will pojechał na północ, w stronę wioski oraz wybrzeża.

Zauważył, że zbiornik na paliwo był pełny. Ponownie się uśmiechnął. To, że William jest gliniarzem, nie oznacza od razu, że nie jest dobrym człowiekiem. William miał rację, dobrze było się spotkać i spędzić razem tę chwilę. Dobrze było wiedzieć, że nie jest na tym świecie sam. Może kiedyś, oby nie daleko w przyszłości, będą mieli kolejną szansę, by się spotkać.

Zatrzymał samochód. Wysiadł i spojrzał z powrotem na drogę. Czekał. Po kilku minutach zobaczył Williama wchodzącego na rozdroże. Zatrzymał się w miejscu, kiedy dostrzegł samochód oraz stojącego obok niego Willa, opierającego się nonszalancko o maskę auta. Patrzyli na siebie wzajemnie, a między nimi ciągnęło się sto jardów drogi.

Gdzieś daleko Will usłyszał dźwięk silnika. William idealnie zaplanował swój czas, by zdążyć na jedyny autobus tego dnia do Edynburga. Autobus pojawił się na grani za Willem, natomiast William, obróciwszy się, pospieszył na miejsce, gdzie pojazd miał się zatrzymać.

Will patrzył, jak jego brat wchodził do autobusu. Po paru sekundach autobus ruszył, a Will nigdy nie był przekonany, czy tylko sobie wyobraził twarz w tylnym oknie oraz dłoń, która machała na pożegnanie.

Zaparkował auto przed „Dirkiem", zostawiając włączony silnik w razie, gdyby konieczna była szybka ucieczka. Z doświadczenia wiedział, że zwykle była konieczna. Przycisnął klakson. Parę zasłon poruszyło się w oknach wiejskiego domu, ale nic więcej się nie stało. Nigdy nie był cierpliwy, dlatego zatrąbił jeszcze raz. Dwa razy. Kolejne zasłony się poruszyły, a w końcu drzwi wejściowe pubu zostały otwarte. Duży Billy McHugh zajął całą przestrzeń swoimi ogromnymi ramionami i jeszcze większym brzuchem.

— Spadaj stąd! — krzyknął. — Nikt cię tu nie chce. Wyjazd stąd, zanim naślę na ciebie gliny. Albo lepiej, sam dam ci nauczkę. Spadaj z podkulonym ogonem, jak to zrobiłeś ostatnio.

Will nic nie powiedział, nic nie zrobił. Billy McHugh nie był jednak jeszcze gotowy, by odejść. Zerwawszy i rzuciwszy na ziemię swój fartuch, wyszedł na ulicę i zakasał rękawy, jakby przygotowywał się do walki.

Will się uśmiechnął i obniżył swoje okno. W życiu nie mógłby rywalizować z Billym McHugh w zawodach bokserskich, ale tutaj nie o to chodziło. Nie chodziło tutaj o walkę na pięści, by zobaczyć, który zostanie pokonany. Billy zdawał się być jedyną osobą, która tego nie rozumiała.

Ktoś drobny z jasnymi, rudymi włosami przemknął obok barmana. Anna. Ignorując swojego męża, który teraz krzyczał do niej, żeby wracała do baru, „gdzie jest jej miejsce", spacerem podeszła do auta, i opierając się o drzwi z założonymi rękami, powiedziała mimochodem:

— Więc co dzisiaj robisz, Will?

— Och, wybieram się na małą przejażdżkę, obejrzeć krajobrazy i nacieszyć się wiejskim powietrzem, rozumiesz— Mrugnął do niej.

— A jakże, to całkiem ciekawie. Idealny dzień na przejażdżkę — odpowiedziała. Uśmiechała się, ale on widział ból w jej oczach. I nowego siniaka zniekształcającego jej twarz. — Kiedy wracasz? — spytała cicho.

— Nie wracam — powiedział. W jej oczach ujrzał szok. Zadrżała, słysząc jego słowa. Nie chciał sprawiać jej jeszcze większego bólu, chciał się po prostu stąd wyrwać. Na zawsze. Podnosząc głos, by Billy McHugh go usłyszał, powtórzył: — Nie wracam. Wyjeżdżam teraz i już nigdy więcej mnie tu nie będzie.

— Krzyżyk na drogę — odburknął McHugh, po czym dodał sporo więcej. Wzdłuż wiejskiej ulicy ludzie otwierali okna i drzwi, by usłyszeć, co się dzieje.

— Czy to nie samochód tego policjanta z Londynu, który wynajął w Edynburgu? — zapytała Anna, przyglądając się pojazdowi, jakby szukała wytłumaczenia. Will stwierdził, że sama byłaby dobrą policjantką.

Przytaknął.

— A jakże, zgadza się. Mam go dla niego odwieźć.

— Krzyżyk na drogę dla niego też! — krzyknął McHugh. — Wścibia swój wypieszczony nos w nie swoje sprawy. Robi problemy przyzwoitym ludziom, wścibski du...

— Hej! — krzyknął Will z nagłą złością. — To mój brat, więc się wyrażaj!

Anna pochyliła się, by porozmawiać z nim po cichu przez okno.

— Lepiej już jedź, ma paskudny nastrój. On tylko szuka wymówki do bójki.

— A więc dajmy mu jakąś — powiedział William i uśmiechnął się do niej. — Pocałuj mnie — powiedział znienacka, przybliżając się, by pocałować ją w usta.

W jej oczach zapłonął strach. Za nią, Billy McHugh wydał ryk furii. Jego twarz zrobiła się cała czerwona. Człowiek-góra zaczął człapać w kierunku auta. Anna zaskomlała i pobiegła stanąć z drugiej strony samochodu. Will się przechylił, by otworzyć dla niej drzwi, a w tym samym momencie zwolnił hamulec.

— Jadę do Francji, pani McHugh, i chciałbym, żeby pojechała pani ze mną — Zwolnił samochód, kiedy byli już poza obszarem wioski.

Posłała mu spojrzenie po części śmiejące się, a po części błagające.

— To szaleństwo! Jak? Nie mogę jechać do Francji — Szeptem dodała: — Och, proszę, nie mów takich rzeczy... Gdybym tylko... — Jej oczy były pełne łez. — Nie możemy. Albo przynajmniej... Ja nie mogę... Ty tak, możesz robić, co chcesz, ale ja...

— Dlaczego nie możesz? — zapytał ponaglającym szeptem. — Dlaczego nie? — Próbował złapać ją za rękę, ale ona go odepchnęła.

— Nie jestem wolna, wiesz o tym, nie mogę tak po prostu...

— Możesz. Możesz, jeśli naprawdę tego chcesz. Chodź ze mną, Anna. Możesz to zrobić, jeśli rzeczywiście tego chcesz — Była rozdarta, a on to widział. Nie chciał na nią naciskać, ale nie chciał też jej stracić, kiedy w końcu mieli szansę na bycie razem. Rozejrzała się wokół siebie i nadal była na pograniczu śmiechu i lęku.

— Z czego mamy żyć? Masz w ogóle jakieś pieniądze?

— Zobacz na tyle. Pod płaszczem.

Podniosła rękaw płaszcza, uniosła kopertę z zaskoczonym wzrokiem w kierunku Willa, a potem spojrzała do środka i ujrzała banknoty ułożone w starannych stosach. Był tam też prosty zegarek ze skórzanym paskiem. Wpatrywała się w Willa z niedowierzaniem.

— Ale... J-Ja nie rozumiem. Czy Dottie nie oddała mu tych pieniędzy wczoraj wieczorem? Widzieliśmy przecież, jak zanosiła je do pokoju. Znów je ukradłeś?

— Nie, kochanie, on mi je dał. Mały prezencik od mojego brata. Na rozpoczęcie naszego nowego, wspólnego życia. I to z jego błogosławieństwem.

Opadła na siedzenie, wpatrując się przed siebie na drogę. Myślała.

— Ale ja nie mam paszportu. Nie mam bagażu, żadnych ubrań, ani nawet chusteczki przy duszy!

Chwycił jej dłoń i ją pocałował.

— Po to właśnie są te pieniądze — wytłumaczył cierpliwie.

— Ale... — powiedziała.

Obrócił się, by na nią spojrzeć.

— Anna, to tyle. Musisz wybrać. Albo wracasz do bycia workiem treningowym Billy'ego McHugh, albo jedziesz ze mną do Francji. To zależy tylko od ciebie. Jesteś kobietą czy myszą?

Spojrzała na niego spod swoich rzęs i głosem, który był zaledwie szeptem, powiedziała:

— Kochasz mnie?

— Och, Anna...

— Ale naprawdę, Will. Czy ty mnie naprawdę kochasz?

Pochylił się do niej i pocałował ją w usta, na początku delikatnie, jednak z narastającą namiętnością.

— Kocham cię, Anno McHugh. Nie zmuszaj mnie do wyjeżdżania samemu. Nie mogę cię znowu zostawić. Potrzebuję cię obok mnie. Teraz, na miłość boską, zdecyduj, kobieto!

— Hmm... Po prostu tak trudno jest mi podjąć decyzję, mam taką ochotę zostać tutaj z uroczym Billym i być codziennie bita — Zaśmiała się. — Do jakiej części Francji jedziemy?

Na pociąg dotarł praktycznie na styk. Kiedy biegł wzdłuż peronu, konduktor już gwizdał swoim gwizdkiem i ostrzegał ludzi na peronie, by się nie zbliżali. William jednak nie zwrócił na to uwagi. Kiedy pociąg się ruszył i zaczął powoli wyjeżdżać ze stacji, on przyspieszył i rzucił się na klamkę od drzwi, która była najbliżej niego, przeskakując na stopień. Musiał się wychylić, by otworzyć drzwi. Pociąg nabrał prędkości i przejechał przez koniec peronu. Z dalszej części pociągu konduktor krzyczał na niego, ale William przecież był już w środku i mu się – ledwie – udało.

Konduktor spotkał się z Williamem w korytarzu i miał mu parę rzeczy do powiedzenia.

— To było bardzo nierozsądne, proszę pana, bardzo. Mam wielką ochotę na pana donieść. Może pan za coś takiego dostać mandat. Jest powód, dla którego...

William, niespecjalnie się tym przejmując, wyciągnął swoją legitymację policyjną i wszedł mu w słowo, wypowiadając te magiczne słowa:

— Pan wybaczy, ale to pilna sprawa policyjna.

Konduktor od razu stał się jego przyjacielem, zainteresowanym przyjacielem, który liczył, że będzie miał jakąś ekscytującą historię do opowiedzenia swoim znajomym i rodzinie dziś wieczorem.

— Jeśli jest coś, w czym mogę panu pomóc, inspektorze, proszę pytać. Jestem pewien, że jeśli mogę w czymś pomóc...

— Dziękuję — powiedział William, łapiąc w końcu oddech i chowając swoją legitymację, z której tak nieuczciwie skorzystał. Zastanawiał się, czy łamanie prawa to już charakterystyczna cecha jego rodziny, która przechodziła z pokolenia na pokolenie. *No, cóż* – pomyślał – *jak się powiedziało A, to trzeba powiedzieć B.*

— Próbuję znaleźć bardzo ładną, młodą kobietę. Jest wysoka, szczupła, bardzo atrakcyjna, z ciemnymi, falowanymi włosami. To dobrze usytuowana dama, prawdopodobnie podróżuje pierwszą klasą.

— Czy to jej standardowy modus operandi? Tak, jak ci niektórzy egzotyczni szpiedzy podróżujący wszędzie w najlepszym stylu? — zapytał konduktor. William nic nie powiedział, a mężczyzna odchrząknął i skoncentrował się na pracy do wykonania. — Tędy, proszę pana, myślę, że wiem, o kim pan mówi. Widziałem, jak właśnie wchodziła — Konduktor się odwrócił, by poprowadzić Williama z powrotem przez korytarz, rzucając przez ramię: — Co zrobiła?

William od razu odpowiedział poważnym tonem:

— Obawiam się, że nie mogę panu powiedzieć. To oficjalne dochodzenie policyjne, bardzo dyskretne.

— Oczywiście, oczywiście — powiedział zafascynowany konduktor, jednak próbował udawać, że tego typu rzeczy dzieją się w jego pociągach codziennie. — Tędy, proszę pana.

Kiedy pociąg nabierał prędkości, oni chwiejnie pokonali drogę przez korytarz, aż w końcu dotarli do ostatniego przedziału pierwszej klasy. William wpadł na plecy mężczyzny, kiedy ten stanął i wyjrzał przez okno. Oderwawszy się od krajobrazu, konduktor pociągnął za sobą Williama i powiedział:

— Tutaj jest, proszę pana, siedzi sobie spokojnie. Jakby za nic w świecie nic złego nie zrobiła. Zapiera dech w piersiach, prawda? Ależ odwagę mają ci ludzie!

— Zgadza się. Em... lepiej, żeby wrócił pan na swoją pozycję i zostawił to mnie —powiedział William.

Z dużą niechęcią, konduktor zrobił to, co mu powiedziano zaraz po tym, jak przypomniał Williamowi, by ten użył hamulca bezpieczeństwa, jeśli będzie miał jakieś kłopoty.

Jak tylko odszedł, William odsunął drzwi do przedziału i wszedł do środka. Dottie spojrzała na niego swoimi szerokimi oczyma, jednak po chwili się opamiętała i zerknęła na niego w neutralny i niezainteresowany sposób, po czym odwróciła wzrok. W rogu naprzeciwko niej siedziała korpulentna matrona, która podejrzliwie spojrzała na Williama.

— To nie jest przedział dla palaczy — ostrzegła go surowo belferskim głosem.

— Tak, zauważyłem. Dlatego tu jestem — odpowiedział najuprzejmiej, jak tylko potrafił, kiedy tak naprawdę chciał jej powiedzieć, żeby poszła do czarta.

— Tylko mówię — powiedziała zdeterminowana, by pokazać mu, gdzie jego miejsce.

Usiadł obok Dottie, która delikatnie się obróciła.

— Dottie... — błagał.

— Odejdź, William, nie rozmawiam z tobą — Wyciągnęła ze swojej torebki magazyn i zaczęła go przeglądać.

— Dottie, pozwól mi wytłumaczyć.

— Powiedziała, że z tobą nie rozmawia, młody człowieku, więc daj jej spokój — wtrąciła się matrona.

Spiorunował ją wzrokiem. Jeśli wydawało jej się, że mogła się tak wtrącać do cudzych, prywatnych dyskusji, powinna się raz jeszcze zastanowić.

— Przepraszam — powiedział i poszedł usiąść po drugiej stronie Dottie, z plecami skierowanymi do kobiety, efektywnie blokując Dottie z zasięgu jej wzroku. Spróbował chwycić Dottie za rękę, ale ona ją wyrwała.

— Odejdź, William — syknęła na niego.

— Posłuchaj, chcę po prostu z tobą porozmawiać. Muszę przeprosić, a nie mogę tego zrobić, jeśli na mnie nie spojrzysz albo nie pozwolisz mi potrzymać cię za rękę — Obserwował przez chwilę jej twarz, próbując zdecydować, czy Dottie w ogóle go wysłucha, czy wszystko to nie miało sensu. — Dottie... — dodał cichym, błagającym głosem.

— Dobrze — powiedziała wyniośle Dottie, a według Hardy'ego brzmiała jak jej matka. — Masz dwie minuty. Zaczynaj.

Wziął głęboki, uspokajający oddech i bardzo szybko powiedział:

— Dobrze. Chcę, żebyś wiedziała, że jest mi bardzo przykro z powodu tego, co powiedziałem o moim bracie, że sprawiłem ci smutek, i za to, że wszystko zrobiłem źle. Wiem, że jestem skończonym idiotą.

Z tyłu matrona parsknęła i mruknęła:

— Powiedz to jeszcze raz. Chyba jesteś facetem, nie?

Zignorował ją i kontynuował, a jego dwie

minuty umykały.

— Powinienem był cię posłuchać. Wiem, że jedyne, co mnie od tego powstrzymało, to moja duma. Dottie, proszę, nie bądź dla mnie taka, bardzo, bardzo cię przepraszam — Nie był w stanie wymyślić niczego innego do powiedzenia, dlatego przerwał i wstrzymywał oddech, czekając jak na ścięcie.

— Co z twoim bratem? — zapytała, przewracając kolejną stronę swojego magazynu i bacznie się mu przypatrując. Nie był pewny, czy podobało mu się to, że Dottie zapytała o Willa, ale odpowiedział zwyczajnie:

— Pozwoliłem mu odejść. Powiedziałem, żeby wyjechał gdzieś za granicę z Anną. Oddałem mu te pieniądze, żeby mógł jakoś zacząć życie.

W końcu, po raz pierwszy spojrzała na niego jak należy.

— Och, William! — W jej głosie słychać było wyraźne uwielbienie. Zbliżyła się do niego i już miała pocałować go prosto w usta, kiedy matrona głośno odchrząknęła i powiedziała:

— Na wszystko jest właściwy czas i miejsce. Tak się zachowywać w miejscach publicznych. To powinno być zabronione. Za czasów, kiedy byłam młodą dziewczyną, aresztowaliby was za obrazę moralności publicznej. Jak tylko zobaczę policjanta, powiem mu, żeby wyrzucił was obu z tego pociągu!

William oparł się o siedzenie, jego oczy na moment się zamknęły, a myślami targała frustracja.

— Naprawdę pozwoliłeś mu odejść?

Przytaknął.

— Myślisz, że rzeczywiście wróci po Annę? Ona tak niesamowicie go kocha. Nie mogę znieść myśli o niej umierającej z rozpaczy za Willem, w tym ohydnym pubie z tym obrzydliwym Billym.

— Jestem pewien, że po nią wróci. Bardzo ją

kocha.

Obróciła się, by na niego spojrzeć.

— Pogodziłeś się z nim? Wiem, że trudno jest ci zaakceptować, że jest twoim przyrodnim bratem, ale...

— Ostatecznie się zrozumieliśmy — odparł. — W zasadzie, wydaje mi się, że dobrze będzie wiedzieć, że on rzeczywiście gdzieś tam jest. Poprosiłem, żeby był ze mną w kontakcie.

— Tak się cieszę. I myślisz, że tak zrobi? Że utrzyma z tobą kontakt? — Złapała go za rękę, ignorując ostrzegawcze kaszlnięcie matrony.

— Mam taką nadzieję. Prawdopodobnie nie od razu. Najpierw muszę udowodnić, że nie jest zabójcą. Ale pewnego dnia myślę, że się ze mną skontaktuje i może będziemy nawet mogli się spotkać. Kiedy już będzie bezpiecznie. Chciałbym go przedstawić Eleanor i Edwardowi, oraz reszcie rodziny. Potem pewnie znów zniknie jak przysłowiowa Szkocka Mgła.

— Przy okazji — powiedziała, przeszukując swoją torebkę — to jest dla ciebie. Wiem, że nie podpisał twojego dokumentu, ale Anna i ja przekonałyśmy go, żeby podpisał to. Myślę, że to też załatwi sprawę — Włożyła kawałek papieru w jego dłoń. Znajdowały się tam te same słowa napisane schludnym charakterem pisma pana Braya, które były na dokumencie Williama, poniżej widniał podpis Dottie jako świadka, a imię i nazwisko jego brata figurowało obok daty wczorajszego dnia.

— Och, Dottie! — Spojrzał na dokument. — Nawet nie masz pojęcia, jak wiele to dla mnie znaczy.

Rozmowa była dosyć wymuszona ze względu na obecność wyrażającej dezaprobatę kobiety w rogu przedziału. Niemniej jednak, po godzinie delikatnego, kołysającego ruchu pociągu, kobieta w końcu zasnęła, zostawiając Dottie i Williama samych sobie.

Jak tylko zauważył, że kobieta spała, jego ramię zakradło się wokół Dottie. Przyciągnął ją bliżej siebie i czuł brawurę, kiedy pocałował ją delikatnie w głowę.

Ona spojrzała na niego swoimi wielkimi oczyma, tymi pięknymi oczyma, które tak go czarowały, a on nagle dostał niespodziewany impuls. Osunął się z siedzenia na kolana. Chwyciwszy jej dłoń, posłał jej przemożnie rozkoszny wzrok i powiedział:

— Dottie, kochanie, tak bardzo cię kocham. Proszę, czy zrobisz mi ten zaszczyt...

Pociąg mocno się zachwiał, a on upadł na kolana Dottie. Matrona obudziła się ze wzdrygnięciem, i chwyciwszy za parasolkę, zaczęła uderzać Williama raz za razem w głowę i w ramiona, krzycząc:

— Natychmiast od niej odejdź, ty bestio! Ochrona! Ochrona!

William, podniósłszy się naprędce, wydarł broń z rąk kobiety, i wyjąknąwszy pół-przeprosiny, pół-wytłumaczenie, obrócił się do Dottie, która chichotała w niekontrolowany sposób.

— Dottie! Powiedz coś! — błagał, kiedy matrona zaczęła jeszcze głośniej wołać konduktora. Jedyna rzecz, jakiej tak „romantyczny" moment zdecydowanie nie potrzebował, to więcej ludzi. Pociągnął Dottie do siebie i wziął ją pospiesznie na korytarz, zamykając drzwi z większą siłą, niż to było konieczne, po czym posłał starszej kobiecie ostrzegawcze spojrzenie. Obrócił się z powrotem do Dottie, jednak jego serce zamarło, zaprzepaścił ten moment. Jak mógł go teraz odtworzyć?

Ona wpadła w jego ramiona i pocałowała go w policzek, trzymając dłonie w jasnych rękawiczkach na jego ramionach. Pociąg z powrotem osiadł na gładkim odcinku torów, a serce Williama śpiewało. Objął ją swoimi ramionami i trzymał bardzo blisko. Jej policzek odpoczywał na jego szyi. Jej włosy łaskotały go w brodę, a ponad odgłosem silnika i dalszych krzyków starszej kobiety, usłyszał cichy głos Dottie mówiący:

— Tak, William, wyjdę za ciebie.

Nie mógł w to uwierzyć. Zrobiwszy pół kroku do tyłu, spojrzał jej prosto w oczy po potwierdzenie. Jej oczy były przepełnione łzami szczęścia. Były jeszcze piękniejsze niż zwykle. Wiedział, że już zawsze będą go czarować i usidlać.

— Naprawdę?

Przytaknęła i się zaśmiała.

— Tak! — Po jej twarzy jakby przeszła chmura. — Nie zmieniłeś zdania?

— Nigdy! — I przytulił ją najmocniej, jak tylko potrafił, nie zauważając nawet kobiety przechodzącej obok nich w poszukiwaniu konduktora.

Zostali przy oknie w korytarzu, trzymając się poręczy i rozmawiając głównie o bzdurach, a co jakiś czas przerywali niewinnym pocałunkiem. William miał ochotę posłać normy społeczne z wiatrerm i pocałować ją tak naprawdę – jednak nie mógł zrobić tego w miejscu, w którym każdy mógł przejść obok nich.

— Tam są!

William przewrócił oczami. Matrona wróciła z posiłkami w formie konduktora oraz paru krzepkich kobiet w dużych kapeluszach. Widząc Williama obejmującego Dottie, będącego w trakcie zostawiania kolejnego pocałunku na jej policzku, konduktor krzyknął.

— Hej! Przestań!

Dottie się głośno zaśmiała, a jej dłoń musiała

zakryć usta. Konduktor zaczął niedołężnie szukać swojego gwizdka. Matrona, przerażona, obrzuciła Williama wyzwiskami i po raz kolejny zaczęła okładać go swoją parasolką. Pozostałe kobiety wyglądały tak, jakby miały ochotę zobaczyć więcej pocałunków. Konduktor w końcu zagwizdał, a wszyscy, ogłuszeni, zastygli w bezruchu.

Dottie zajęło prawie dziesięć minut upewnienie wszystkich, że nie była molestowana. Williamowi zajęło praktycznie tyle samo czasu przeproszenie konduktora za nadużycie swoich uprawnień jako policjanta, a to dlatego, że dał się ponieść ludzkim emocjom związanym z romansem, ponieważ teraz było już jasne, że Dottie nie była w żadnym calu ściganym przestępcą. Jeśli rzeczywiście była „interesująca" dla policji, to miało to znaczenie czysto personalne.

Duma konduktora została urażona, a matrona, przenosząc swoje obrzydzenie na Dottie, jasno odnotowała sobie ją w głowie jako „wcale nie lepszą, niż być powinna". Ta absurdalna fraza była często używana przez pokolenie jej matki, by wskazać na młodą kobietę nazbyt hojną ze swoimi względami, ale Dottie wcale to nie zdenerwowało.

Ostatecznie, wrócili do swojego przedziału. William miał nadzieję, że znajdą jakiś pusty przedział, ale pociąg był pełny. Stwierdził, że być może to dobrze. Był zdecydowanie zbyt gotowy, by absolutnie dać się ponieść swoim namiętnym uczuciom, i bał się, że mógłby zawstydzić Dottie swoim nieodpowiednim zachowaniem.

Zamiast tego, łatwiej było rozmawiać o wydarzeniach w Lower Bar. Mówili cichymi głosami, by nie obudzić znów kobiety.

William opowiedział jej o prywatnym detektywie, który przyjechał do Lower Bar z

Londynu. Rozkoszował się tym, jak Dottie wpatrywała się w jego oczy, sprawiając wrażenie delektującej się każdym jego słowem.

— Więc, jeśli tylko udowodnię, że to ktoś inny zabił Howarda Denholme'a, mój brat nie będzie się już musiał martwić byciem poszukiwanym.

— Cóż, ja chyba wiem, kto to może być — powiedziała. On się na nią spojrzał.

— Jego żona — powiedział.

Dottie pokręciła głową.

Miał jeszcze inny pomysł.

— Sam oskarżyciel? Z pewnością nie ryzykowałby tak wiele. Chociaż wygląda na to, że miał romans z panią Denholme, więc może zwyczajnie stracił głowę i...

Dottie znów pokręciła głową.

— To była Millicent Masters.

— Co? Kim jest do licha Millicent Masters?

— Cóż, po pierwsze i najważniejsze, jest pisarką całkiem makabrycznych powieści kryminalnych.

Skinął głową, ale mimo to nadal niczego nie rozumiał.

— A do tego — dodała, czując, że będzie to jej pièce de résistance — jest matką pani Denholme.

Oparł się wygodnie, uśmiechajac się i kręcąc głową.

— Skąd o tym wiesz?

— Sama mi o tym powiedziała, po części. A reszty dowiedziałam się, plotkując z ludźmi. Wiesz, nie jesteś jedynym detektywem w okolicy.

— Nadal nie...

— To proste. Pan Denholme zakazał swojej żonie zadawać się z jej własną matką, dlatego pani Masters nie mogła iść do domu. Była w gospodzie w tym samym czasie co my.

— Mówisz o tej korpulentnej kobiecie?

— Ta z nieznośnym, małym psem, tak. Nawet jej pies ma związek z psem Denholme'ów. Jej pies nazywa się Pani Bovary, a ich pies to Gustave. No, a książka „Madame Bovary" została napisana przez Gustave'a Flauberta. To ulubiona książka pani Masters. Jak myślisz, ile pekińczyków z francuskimi imionami jest w Lower Bar? Właściwie, to widziałam dzieci biegające w okolicy ze swoim psem i z tym jej też. To było, kiedy poszłam do domu Denholme'ów po raz drugi. Widziałam walizki ułożone w tylnych drzwiach ich domu, więc na pewno dopiero co się wprowadziła – teraz, kiedy pan Denholme nie żyje. Najwyraźniej, sprawa stanęła na ostrzu noża ostatnio, kiedy pan Denholme postanowił wysłać jednego z synów do szkoły z internatem. Był brutalem dla swojej żony, tak samo jak Billy McHugh. Z tego, co słyszałam, nie było to szczęśliwe małżeństwo. W nocy, kiedy przyjechałam, czyli wtedy, kiedy zginął pan Denholme, widziałam pannę Masters spacerującą wzdłuż drogi ze swoim psem, w kierunku domu Denholme'ów.

— Jak wysoka jest? —zapytał.

— Myślę, że nie jest zbyt wysoka — Dottie zmarszczyła nos, próbując przypomnieć sobie, czy kiedykolwiek widziała pannę Masters na nogach. — Dlaczego?

— Cóż, osoba, która zastrzeliła Howarda Denholme'a, była niska.

— Skąd to wiesz?

— Ze względu na pozycję rany. Myślisz, że byłaby w stanie zrobić coś takiego?

— Och, tak — powiedziała Dottie bez zawahania. — Wydaje mi się, że jest naprawdę bezwzględna, kiedy musi. Ma też niezły uścisk dłoni, ale nie wiem, czy to ma jakiekolwiek znaczenie. Wiele postaci w jej książkach jest w pewnym momencie zastrzelonych, więc pewnie ma jakąś wiedzę o broni palnej. Jestem pewna, że personel Denholme'ów po całych wydarzeniach pomógł naszkicować całą scenę.

William myślał przez parę minut.

— Nadal nie jestem pewny, kto stoi za kradzieżami i groźbami, chociaż podejrzewam panią Denholme. To samo z zagadkowym pożarem w pokoju dziennym.

— Byli dłużni pieniądze wielu ludziom — powiedziała Dottie. — Sprzedawczyni w sklepie krawieckim tak mi powiedziała. Być może pożar był oszustwem ubezpieczeniowym?

— Hm... Całkiem możliwe. Cóż, dziękuję, myślę, że warto się temu przyjrzeć. Jutro wracam do pracy.

— Tak szybko?

— Los policjanta nie należy do szczęśliwych — powiedział z szerokim uśmiechem. Przytulił ją mocno i pocałował jej policzek. —A więc, co jeszcze wytropiły twoje detektywistyczne zmysły?

— Hmm... Niech pomyślę. To Alex Nelson dopuścił się kłusownictwa, za które aresztowano Willa, a Anna dała mu alibi. To była ta jelenina w zapiekance „z kurczaka", którą podawali na kolację dwa wieczory z rzędu.

— Hm... Jakby o tym pomyśleć, pan Nelson zasugerował mi, że, jakby ktoś pytał, dobrze by było, gdybym pamiętał, że była to zapiekanka z kurczaka. Było to podejrzane.

— Duży Billy McHugh bije swoją żonę, ale to nie jest specjalna niespodzianka. Może wiesz, że jest on bratem żony pana Nelsona.

— Ach, tak. Ja też odkryłem parę rzeczy, jakbyś chciała wiedzieć. Howard Denholme zarobił swoją fortunę na polerowaniu butów.

Obróciła się ze śmiechem.

— Och, William, wszyscy to wiedzą — Po chwili

dodała: — O której godzinie popełniono przestępstwo?

— Około jedenastej wieczorem.

— Hm... I wtedy ją zgłoszono?

— Cóż, Forbes dostał telefon jakoś za pięć siódma następnego ranka. Służąca zauważyła go około pół godziny wcześniej.

— Trochę mnie to dziwi, że pani Denholme była na nogach już tak wcześnie, i dowiedziała się o śmierci jej męża przed tobą. Znaleźli go nieżywego, potem ją obudzili i od razu jej o tym powiedzieli?

William wyglądał na zmieszanego.

— Potem mi powiedziała, że ich słyszała. Była mało precyzyjna w tej kwestii. Jednak, kiedy tam dotarłem piętnaście minut po telefonie, ona już była pod wpływem środka uspokajającego, który podał jej lekarz. Chociaż ja sam go nie widziałem.

— To okropnie szybko. Och, ale William, czekaj! Kobieta ze sklepu krawieckiego słyszała, jak lekarz rozmawiał z księdzem w drodze powrotnej do domu – o szóstej rano. Ale przecież o tej godzinie, jeszcze nawet nie znaleziono zmarłego pana Denholme'a?

William jęknął z przerażenia.

— No jasne! Założę się, że dostała środki nasenne długo przed tym, jak zadzwonili na policję. Nie mogli ryzykować, bym zadawał jej pytania, ponieważ ona wydaje się całkiem nerwową osobą. Założę się, że podano jej tabletki zaraz przed szóstą rano, by upewnić się, że będzie spała w momencie, kiedy tam dotrę. Wiem, że sprawę przeniesiono komuś z Edynburga, ale chcę pomóc Willowi, jak tylko mogę. Wygląda na to, że oskarżyciel jest zdeterminowany, żeby oskarżyć o to wszystko Willa. Pierwsza rzecz, jaką zrobię jutro rano, to zadzwonię do posterunkowego Forbes'a i powiem mu, żeby porozmawiał z lekarzem, potem będzie musiał skontaktować się z centralą i dowiedzieć się, o której godzinie przekierowano rozmowę do lekarza. Mokre błoto na butach nieboszczyka najwyraźniej potwierdza hipotezę, że wszystko to było zaplanowane. Chcieli, żeby to wyglądało, jakby ktoś wszedł z zewnątrz. W każdym razie, wydaje się to niemożliwe, żeby nikt nie słyszał strzałów. Dwie lufy? W środku nocy? Nawet trzy piętra wyżej, personel – oraz pani Denholme – powinni byli to usłyszeć. Postawili wszystko na jedną kartę, personel, żona oraz ta matka z psem.

Pociąg nadal przedzierał się swoim szlakiem. Zjedli kanapki bez smaku i wypili odrażającą, pociągową kawę. Głowa Dottie poruszyła się na ramieniu Williama, a wkrótce i on zapadł w sen.

Obudził ich inny konduktor przechadzający się przez pociąg, by ogłosić, że wkrótce dotrą do Yorku.

— Dobrze — powiedziała matrona. — Tutaj wysiadam — Posłała kochankom spojrzenie, które tłumaczyło bardzo wyraźnie, że nie mogła się doczekać bycia zdala od tego niemoralnego towarzystwa.

— Przesiadka w Yorku dla wszystkich stacji do Scarborough — powiedział konduktor i poszedł dalej.

— Scarborough — skomentowała Dottie. — Siostra George'a, Diana, jest tam od jakiegoś czasu. Jest chora — Dottie się rozciągnęła i ziewnęła.

— Wydaje mi się, że w tych czasach nie powinniśmy już traktować ciąży na równi z chorobą — powiedział William. Ten komentarz miał zrujnować jego szczęście. Ile już razy żałował, że się zwyczajnie nie przymknął.

Ona się odwróciła, by na niego spojrzeć. Od razu wiedział, że nie powinien był tego mówić. W końcu, tylko on znał sekret Diany ze względu na policyjne dochodzenie dotyczące jej ukochanego, który został zamordowany. Jednak parę momentów temu William był w głębokim śnie, marząc o wspaniałej przyszłości z jego ukochaną Dottie, i dopiero co uruchamiał swoje zmysły.

— Co ty powiedziałeś? — powiedziała bezbarwnym głosem. — W ciąży? Mówię o siostrze George'a, Dianie.

Potem przypomniała jej się rozmowa przy stole ze znajomymi George'a, Charles'em i Alistairem. Opowiedzieli jej o romansie Diany z Archiem Dunnem.

— Siostra George'a? William? Chcesz powiedzieć, że Diana, siostra George'a, jest w ciąży? — powtórzyła.

Charles i Alistair opowiedzieli jej o wielu rozmowach między ich znajomymi w klubach o nieboszczyku, Archiem Dunne'ie, oraz o młodszej siostrze George'a, Dianie Gascoigne. Przypomniały jej się opowieści, które usłyszała: o dziewczynach „w tarapatach, które były wysyłane gdzieś daleko, by urodzić w sekrecie dziecko i uniknąć hańby dla ich rodzin, oraz zrujnowania ich reputacji". Pomyślała o pani Carmichael, teraz już zmarłej, która nigdy w życiu nie widziała mężczyzny, którego oddała do adopcji jako niemowlaka trzydzieści lat temu. Pani Carmichael, która żyła samotnie przez wiele lat, ignorowana przez jej byłego ukochanego, nie wiedząc nic a nic o jej jedynym – dawno zaginionym – dziecku.

Oczy Dottie zaszły łzami, kiedy zdała sobie sprawę, że William utrzymywał to w tajemnicy przed nią. Przez cały czas wiedział, ale w ogóle się nie odezwał. Dianę wysłano do Scarborough w tajemnicy i ze wstydu, a ich – Florę, George'a oraz Dottie – okłamano i we wszystko uwierzyli. Diana nie miała ani grypy, ani zapalenia oskrzeli, ani zapalenia płuc. Po prostu wpadła w tarapaty, i nie mając przy sobie mężczyzny, dzięki któremu byłaby przyzwoitą kobietą, została tak po prostu odesłana.

A William o tym wszystkim wiedział. Przez cały czas. Nie zwierzył się jej, tylko trzymał w tajemnicy kłamstwo, które rodzice Diany jej narzucili, zmawiając się z nimi co do jej kary. Co jeszcze zachowałby w tajemnicy, skoro zataił tę informację? Teraz była przekonana, że zawsze miałby jakieś sekrety, z których by się jej nie zwierzał ze zwzględu na pracę. Nigdy w życiu nie byłby z nią szczery i otwarty. Zawsze jakaś część niego będzie dla niej nieznajoma lub niewidoczna. Zawsze będą jakieś tajemnice. Rzeczy, o których on będzie wiedział, ale których nigdy jej nie wyjawi. A ona głupio liczyła, że Diana szybko wyzdrowieje. Jednak teraz, kiedy znała sekret, z którym pani Carmichael żyła przez trzydzieści lat... Jakim cudem Diana mogłaby w ogóle pozbierać się po tym samym żalu? Dottie poczuła, jakby jej serce rozsypało się w drobne kawałki.

Nadal się nie odezwał. Przez te parę maleńkich sekund, podczas gdy ona myślała, on nie wypowiedział ani słowa. Teraz się w nią wpatrywał, jego twarz była pełna poczucia winy i usprawiedliwiania się. Nie miał pojęcia, co to dla niej znaczyło. Czuła, jakby pyliste ruiny jej serca rozwiały się na zimnym, srogim wietrze.

Nie wiedziała co powiedzieć. Ledwie była świadoma tego, co robi. Podniosła się. Pociąg zwalniał. Dottie rozejrzała się wokół siebie, nie wiedząc co zrobić lub co powiedzieć.

William wyciągnął swoją dłoń. Wszystko poszło nie tak. Cichym głosem powiedział:

— Dottie, kochanie, nie powinienem był nic mówić. Jestem na wpół uśpiony. Przez chwilę zapomniałem, że to miało być trzymane w tajemnicy... — Wyciągnął do niej rękę, ale ona się odsunęła, by nie mógł jej dosięgnąć. Matrona nadal tam była, zbierając swój bagaż i obserwując ich czujnie.

— Dottie, kochanie — błagał, tym razem bardziej uporczywie.

— Nie nazywaj mnie tak. Powiedz mi, co wiesz — Jej głos był cichy, ale nie tak delikatny, jaki był jeszcze chwilę temu. To nie był już głos jego ukochanej. Wiedział, że jest już za późno. Nie mógł już nic zrobić i nic powiedzieć. Absolutnie nic.

— Posłuchaj, to przez dochodzenie w sprawie morderstwa Archiego Dunne'a. Diana była jego kochanką.

— Wiem o tym — Jej twarz była blada z przerażenia. Nic więcej nie powiedziała, a pociąg zwolnił jeszcze bardziej. Kończył mu się czas.

— Kiedy ją przesłuchiwałem, powiedziała mi, że spodziewa się dziecka — Zignorowali sapnięcie z niezadowolenia matrony. — Z Archiem, rzecz jasna. J-Ja chyba nie pomyślałem, że... Podejrzewałem, że rodzina będzie o tym wiedzieć.

— Nie wiedzieliśmy — Rozejrzała się wokół siebie. Pociąg jechał teraz już bardzo powoli, za minutę będą już na stacji. — A przynajmniej, prawdopodobnie wiedzieli o tym jej rodzice. Wydawało mi się, że zachowanie jej ojca było dosyć dziwne. Powiedzieli, że ma zapalenie płuc. Że zostaje ze swoją starą opiekunką do czasu, aż wyzdrowieje.

— Podejrzewam, że chcieli to ukryć dla dobra Diany. Żeby uniknęła wstydu.

— Raczej, by sami uniknęli nadszarpnięcia własnej reputacji — Hardy był zaskoczony gorzkością jej tonu. Dottie mówiła dalej: — Ale wszystko z nią dobrze?

Wzruszył ramionami. To było najgorsze, co mógł zrobić.

— Nie wiem. Podejrzewam, że tak. Nie mam z nią kontaktu. Mam tylko jej adres w moim gabinecie, ale dokładnie nie wiem. Myślałem, że będzie w pensjonacie. Nic nie mówiła o opiekunce.

Za oknem zaczęły się pojawiać budynki stacji. Pociąg się zatrzymał. Matrona wstała do wyjścia z walizką i dwiema mniejszymi torbami, oraz z tobołkiem zawiniętym w brązowy papier pod jej ramieniem. Raz jeszcze spiorunowała wzrokiem parę i przecisnęła się obok nich, uderzając kolana Williama swoją walizką.

Dottie rozmyślała. Wyjrzała na stację i podjęła decyzję.

— Wysiadam. Proszę, pomóż mi z moją walizką. Będę w Hotelu Dworcowym w Scarborough. Kiedy dotrzesz do Londynu, proszę, zadzwoń i podaj mi adres Diany. Możesz zostawić wiadomość w recepcji.

— Dottie, czekaj! Kochanie, pomyśl o tym przez chwilę! Proszę, nie jedź tak...

— Walizka, proszę.

Ściągnął dla niej walizkę, a ona pospiesznie wyszła z przedziału na korytarz, po czym skierowała się do drzwi pociągu. On poszedł za nią, błagając, by spojrzała na to z rozsądkiem.

— Kochanie! Proszę, nie, Dottie! Przemyśl to. Ona nie chce, żeby ktokolwiek o tym wiedział. Chce, żeby to było utrzymane w tajemnicy, by uniknąć skandalu dla niej i dla jej rodziny. Kochanie, czekaj!

Obróciła się szybko, by syknąć przez zęby:

— Nawet się nie waż mówić do mnie kochanie, inspektorze Hardy!

Wyrwała od niego swoją walizkę, zeszła powoli z pociągu i wbiegła w tłum ludzi. Wybrzmiał ostatni gwizdek, a pociąg zaczął ruszać. Nie mógł już nic zrobić, poza obserwowaniem jej jasnej głowy zostawiającej go w tyle.

— Dottie! — Zawahał się. Czy on też powinien wyjść z pociągu? Ale przecież musiał być jutro rano w pracy. *Cholerna praca* – pomyślał – *ale, zresztą, i tak jest już za późno.* Pociąg wyjechał ze stacji i zaczął nabierać prędkości. Było za późno.

Łzy już prawie nim zawładnęły, a on uderzył pięścią w ścianę, by ulżyć swojej rozpaczy. Nadal ją widział, teraz była przy barierce i wręczała swój bilet. Ani razu nie obejrzała się za siebie.

Praktycznie zanim się zaczęły, jego zaręczyny z Dottie Manderson już dobiegły końca.

William stał tak przez parę minut, wyglądając przez okno. Stacji nie było już widać, a pociąg spieszył teraz przez wieś. Zamarł w bezruchu i nie wiedział co robić. Scena ta powtarzała się w jego głowie bez przerwy, co jakiś czas się zatrzymując jak film, by pokazać mu momenty, w których zrobił lub powiedział coś nieodpowiedniego, momenty, w których można jeszcze było uratować tę sytuację. Ale już się nie dało, nie mógł tego zrobić. Było już za późno.

Poszedł poszukać siedzenia. Teraz, kiedy już nic go nie obchodziło, miał cały przedział dla siebie.

KONIEC

***

Również autorstwa Caron Allan

Easy Living: historia życia po śmierci, po śmierci, po śmierci.

Criss Cross – tom pierwszy trylogii Przyjaźń może być morderstwem
Cross Check – tom drugi trylogii Przyjaźń może być morderstwem
Check Mate – tom trzeci trylogii Przyjaźń może być morderstwem

Noc i Dzień: Tajemnica Dottie Manderson tom pierwszy
Szata Boga: Tajemnica Dottie Manderson tom drugi
Szkocka Mgła: Tajemnica Dottie Manderson tom trzeci: nowela
Ostatnie Idealne Lato Richarda Dawlisha: Tajemnica Dottie Manderson tom czwarty
Kradzież w St Martins: Tajemnica Dottie Manderson tom piąty

W 2020 roku

Szpieg: Tajemnica Dottie Manderson tom szósty

O Autorce

Caron Allan pisze powieści kryminalne zarówno współczesne, jak i historyczne. Caron mieszka w Derby, w Anglii, razem ze swoim mężem, dwojgiem dorosłych już dzieci oraz nieustannie zmieniającą się liczbą kotów i wróbli.
Caron Allan można znaleźć na poniższych mediach społecznościowych i będzie jej bardzo miło Cię tam spotkać:

Facebook:
https://www.facebook.com/pages/Caron-Allan/476029805792096?fref=ts

Twitter:
https://twitter.com/caron_allan

Ponadto, jeśli jesteś zainteresowany wiadomościami, fragmentami twórczości, dziwnym i ekscentrycznym podejściem do życia Caron lub po prostu chcesz być na bieżąco z zapowiedziami pojawiającymi się na stronie, zajrzyj na blog Caron! Znajdziesz tam mnóstwo krótkich opowiadań, fragmentów powieści oraz wiele innych, ciekawych rzeczy. Poniżej znajduje się adres strony internetowej:

Blog: http://caronallanfiction.com/

Podziękowania

Jak zawsze, bardzo dziękuję Alanie, bez której ta książka byłaby nadal w porządku, ale ja byłabym w kompletnym bezładzie. Alana bezgranicznie wspierała mnie i mobilizowała, a także pomogła mi śmiać się z własnej bezmyślności. Dziękuję, Sweetie Pie.